書蠹

江思岸

目錄

序……7
書蠹……9
霹靂眼……53
失憶老人——石峽尾舊區的故事之三……102
二樓舊書店——石峽尾舊區的故事之四……120
尋找丁岡——石峽尾舊區的故事之五……140
夏日最後的一朵玫瑰……164
烈日——石峽尾舊區的故事之六……182
佩劍的信差……196
衝力……205
快樂的補鞋匠——石峽尾舊區的故事之七……214

序

江思岸

根據佛經所說，我們這個世界之山河大地，日月星宿乃是眾生共業構建而成，眾生就在此世界中流轉輪迴。外境是不實在的，乃是各自心識之反映而已，也就是所謂「一水四見」：天人見水是琉璃，凡人見水是水，魚類見水是家宅，餓鬼見水是膿血，極渴而飲不得！

一般人對此難以理解，其實這個世界一切都是唯心所造：宏偉的建築物，舟車衣服器皿，都是由心所造。至於非物質之文化，更是如此，所有之宗教、神話、繪畫、雕刻、音樂、詩歌、文學等都是心的投射，由心所完成！正是「心想事成」。若然不心想，事必不成！

現今最大的問題是物質文化遠遠超過精神文明，近代精神文化不特沒有寸進，反而退化，「精緻文化」日漸被「粗俗文化」所取代，正是「黃鍾毀棄，瓦釜雷鳴」！

更恐怖的是，有些人要發展「大殺傷力」之武器，於是「心想事成」地製成了核子彈！如今地球隨時灰飛煙滅，這也是人類之共業！

其實要扭轉這個趨勢並非不可能，只要我們減少一些貪嗔之心，多一點慈悲心，只要有心地實行，就必定會「心想事成」，這個世界將迥然不同！。

書蟲

一

早上七點左右，雖然有人仍在夢中，城市已繁忙起來。即使這是最貧窮的角落，露宿者都紛紛從簡單的家當中爬出來。這是最多露宿者的地區，成為此國際金融中心的奇異景象。方圓圓一直在不遠處守望着，她的脖子掛着相機，長鏡頭已較調好。她期待的人終於像毛蟲那樣，從兩個大紙皮盒中破繭而出。

她連忙用長鏡頭對準他拍攝了幾張照片，這男子大約二十多歲，五官端正，溫文爾雅，全無頹唐風霜之色，給人平靜和從容自在的感覺。在露宿者中他比較年輕，證明露宿者的確有年輕化的趨勢。他拿出毛巾和牙刷，到附近的公廁去梳洗，換過衣服出來，就頗為清潔企理，走在街上誰也不知道他是個無家可歸的露宿者！

她跟他到一家連鎖快餐店。她排隊買票，然後去取早餐，找個地方坐下進食，一直留意着他。他並沒有去買票，只是安靜地站在一角，等候着。有一對母子吃過早餐離去，剩下不少食物，有的甚至原封不動，他走上前去，坐下來，從容不迫地將剩下的食物和飲品，吃得乾乾淨淨，難怪受到這裡收拾碗筷食具清潔女工的歡迎。其他食客見了也不以為異，看來已是見慣見熟了。由於他衣着清潔整齊，容貌態度可親，溫文平靜，無人認為他是個乞丐，事實上他也從未向人行乞過。所以很同情這個看來是失業而落難的人。

最初他是受到快餐店的管理人驅逐的，認為是有礙觀感。許多食客都同情他，認為他並無妨礙其他人，要求通融一下，讓他吃這些冷飯殘羹以充飢，又可以減少廚餘送去堆填區，何樂而不為呢！有些食客甚至主動買食物給他吃。快餐店經理也只好「從善如流」了。

有一次一個外國人食客給他金錢，他不接受，於是西人買食物和他同吃，他就欣然入座，西人和他交談，他對答如流。快餐店經理為之刮目相看，對他敬佩又驚異，敬佩他不肯接受錢財，驚異他的外語能力，看來他受過高等教育。於是主動給他一份工作，他不接受。快餐店經理也不敢勉強，是的，如此高學歷又年輕的人，怎會屈就在快餐店工作呢！不過是暫時「落難」而已。

他吃完這份「早餐」就離去。方圓圓不遠不近地跟着他。他去到圖書館，先閱讀了幾份英文報紙，然後是中文報章。在閱讀完當日中英文報紙之後，取一本英文小說來細讀。她在另一張桌看雜誌。其間他去了一次洗手間，她趁機走過去瞟一眼那本攤開的英文小說，原來是湯瑪士哈代之《遠離公眾的注意》。此書名有雙重意義，也可以是解作「遠離瘋狂的群眾」。

哈代原本是詩人，但詩作無法出版，於是改為寫小說，處女作就是此書，果然立即洛陽紙貴，奠定其傑出小說家之地位。其後出版了幾本小說，都很暢銷。他的作品大都很悲觀，所以被人稱為無神論者。雖然是小說家，但不脫憂鬱詩人之本色。他成名後就恢復寫詩，出版商當然樂於出版，但小說家之名遠蓋其詩人之名。

到了午飯時間，他就離開圖書館，回到快餐店去。方圓圓買了一份午餐進食，他依然又是靜立在一角，耐心地等待，這次他吃了兩份剩餘的「午餐」才能飽腹。然後又回到圖書館繼續閱讀其英文小說，直到圖書館關門，才依依不捨地離去。自然又是快餐店去吃免費「晚餐」了。

晚上他到公園來回地散步及閒坐，方圓圓遠遠地跟着他。看來這是他最無聊的時刻，離開圖書館就無書可讀，不能這麼早就回到露宿處就寢，又無處可去。不過這可能是方圓圓的想法而已，他很可能自得其樂，否則不會天天如此過活。這不正是他所要「遠離公眾的注意」之本色嗎？

她對他的好奇心更大了，他是一個怎樣的人呢？她感謝報館安排這個任務，令她可以近距離和長時間觀察他。不過她不想以獵奇方式來報道他，這似乎有點不敬。他散步一段時間之後，就在長椅上盤腿結跏趺坐，雙手結手印放在小腹安坐入定，或是冥想，完全是個僧人模樣。想不到他會有此舉措。其他人並無提及此事，也許是別人看不到，又或是認為不足道，其實這才是最重要之事。只是說此人不想工作，寧願露宿和吃他人殘餘剩食來過活，這是皮相之見而已。完全忽視其精神活動，他全日在圖書館閱讀嚴肅的文學作品，傍晚時靜坐，尤其是後者，以他的修為，說不定已有超自然之力量！

突然她的心靈起了強烈的震動，難道這是感應？彷彿一剎之間窺探到生命的秘奧，而就在這時她同時感到身體一陣莫名的痛楚而暈去。醒來時已是清晨六點鐘了，想不到坐着露宿一宵！原來露宿也很不錯！不過她記得並非自然入睡，而是痛暈過去的！她伸展四肢，又拍打全身，不覺有任何痛楚或不適，也不見任何異樣，但這個突然而來的痛感是前所未有過，不是個好現象，尤其是想到在醫院之父親。

她帶着不安和有些不祥的預感離開公園。

二

方圓圓強裝着和顏悅色地侍候着老父進食，但內心卻是憂心忡忡。看着父親日漸消瘦的臉孔和身體，更是心如刀割。其父是地盤工人，體格本來強健，自從得了莫名的疼痛之後，影響了胃口，不時發作的疼痛令他無法工作。父親也努力進食，全無胃口，但不能辜負愛女的心意，她精心弄了兩個精美小菜：西芹炒鮮魷和鹹蛋黃蒸肉餅。

「圓圓，妳的手藝愈來愈好，很快就會比得上妳死鬼老媽。」他剛說完即後悔提及其亡母，何況是加上「死鬼」這個名詞，以前他慣於如此說。但入醫院之後，「妳死鬼老媽」這個口頭禪就成為忌諱了，盡量不說，這次還是漏了口。

「當然，我的廚藝得到媽咪的真傳，所謂有其母必有女嘛！」她得意地說，但隨即感到有些不妥，因為母親六年前患癌症而去世，雖然她不是個迷信的人。「爹哋，你出院後，我做釀鯪魚給你吃。」

「很好……」他還未說完，一陣劇痛令他連碗筷也拿不住，倒在橫放在病床上的活動小桌上。她忙叫護士給他止痛藥。

其後主診醫生來到，對父女說：「我們已對方先生做過全身檢查，包括磁力共振，但也找不到疼痛原因。現在唯有抽取骨髓來化驗，你們同意嗎？」

「陳醫生，這樣做會不會有危險？」她有些擔心。

「嗯，危險應該不大，但……任何入侵性的檢查，都有一定風險，何況是從脊椎骨抽取骨髓，所以必須得到病者及家人的同意。」

「醫生，除了這樣做，就沒有其他方法了嗎？」病人惶恐地問。

「我們已用盡各種方法，都找不到原因，抽骨髓來化驗是最後也是唯一的辦法，當然，抽了骨髓也未必一定能找到原因。」醫生連這一點也坦白說出來。

父女兩人面面相覷，這真是個很艱難的決定。

「抽骨髓的風險有多大呢？」她問。

「最大的風險是病人可能會癱瘓甚至死亡。」

父女聽了為之震驚失色。

「你們也不必急於決定，慢慢考慮一下。」醫生說完就離去。

「爹哋，我知道你的疼痛非同小可。」她含着淚說，她本想說出那一次她在公園突然劇痛暈倒之事，只會增加病人之憂慮。幸而其後再沒有出現過。

病人默認地點點頭，是的，他從未在她面前訴苦過。

「圓圓，妳認為我應否做檢查？」

「爹哋，我認為你應該做，不過，如果你不想做，我也不敢勉強你。」

「我決定做！」病人勇敢地下此決定，如此陣痛已是生不如死，何況也別無選擇，只有這樣才能找到病因，才能對治。

她緊握着父親的手，父女深情地對望着。

「爹哋，你吉人天相，一定會好過來的。」

病人從大窗望出去，山上和山下大廈林立，於是說：「我大半生在這裡有份建造了不少樓宇，遍佈全港九，流了不少血汗，到頭來連一個小小的蝸居也不能擁有。原來建屋的人是不會有屋住的！我走了之後，什麼也沒有遺留給妳，我愧為人父！」

「爹哋，你千萬不要這樣說。你撫養我成長，自從媽咪得病之後，你兼負母職，日間工作已很辛苦，晚間還要為我操勞。至於供書教學更不在話下，甚至節衣縮食，令我能完成大學，可以出來做事，立足社會。我已非常感恩，你是個偉大的父親！我以你為榮！」

為父的聽了甚感安慰，說：「圓圓，妳真是我的好女兒！我和妳死……老媽都是粗人，想不到能有一個美麗冰雪聰明又有學識的女兒，上天對我也不薄了，我也以妳為榮！」

「可惜做記者收入微薄，爹哋，你出院後，我另覓較高薪的工作，讓你有好日子過。」

「圓圓，妳不是很喜歡做記者的嗎？」他疑惑地問：「妳不是做得不開心吧？」

「不，開心極了！」她忍不住滔滔不絕地說：「我主持的《新聞背後的故事》大受歡迎，因為每一宗新聞，有其前因後果，不能簡單片面地報道就可了結。我盡力追查當中的因由，盡可能完整地呈現出日後的發展。有的新聞可以連續報道幾個月，甚至好幾年仍未了結！我是唸文學及社會學的，這份工作適合我極了！所以報館很信任我，給我很大的自主和發揮空間，更為我提供很多的資源及人手配合。」

見到她說得那麼興奮到眉飛色舞，為父的就安心了，於是說：「既然妳做得那麼開心，又和妳志趣相同，受到重用，能發揮妳之所長，何必為了薪酬而轉工呢！」

「唔，這也是。」

「我出院後，自然可以恢復工作，我是樂於這份工的，能為這城市再增添一磚一瓦，就有很大的滿足感，窮一點又何妨，只要能健康工作就行了。」

「對了，我們父女都要敬業樂業，健健康康又快快樂樂地工作！」她高興地說，這也可以說父女互相勉勵。

但病人隨即又心事重重地說：「圓圓，我走了後，妳就更孤苦伶仃，這才是我最放不下之事！」

「爹哋，你會好過來的，你會長命百歲，圓圓絕不孤苦伶仃。」

「只要妳找到一戶好人家，結了婚，我這才安心。」為父坦白地說。

「爹哋，婚姻大事不能勉強，所謂勉強無幸福。」

「妳已二十八歲，連男友也沒有，我怎能不擔心呢！」

「我是有男朋友的……」她為了安慰病人隨口而說，立即就後悔不已。

「真的嗎？」為父驚喜地問。

「當然是真。」她硬着頭皮說。

「快帶來見我！」病人急不及待了。

「男朋友而已，不能馬上扯到談婚論嫁。」

「那就更要讓我見見他，由我來評評看！」

「爹哋，你這麼猴急，會嚇走了他。」

「如果妳不喜歡他，嚇走了他，不是很好嗎？」他認真地說。

她為之啼笑皆非，她弄巧反拙，於是又一錯再錯地說：「如果我喜歡他呢？」

「那就好極了，既然妳喜歡他，他又怎會被我嚇走！他高興還來不及呢！」

她為之苦笑。

「無論如何，妳要帶他來見我！」他斬釘截鐵地說：「這是為父的命令！」

「好吧。」她無可奈何地說，暗暗叫苦不已，何處去找人來權充呢？

三

方圓圓跟隨他離開圖書館，快步趕上前去，向他打個招呼說：「你好！」

「妳好。」他也禮貌地回應。對這個美麗的女子之大方主動，他感到訝異又受寵若驚。

「你很喜歡哈代的小說？」

「嗯，近來我的確是看他的小說。小姐，妳怎麼會知道呢？」他奇怪地問。

「每次在閱讀室都見到你捧讀他的《遠離公眾的注意》。」她解釋，跟着從手袋中掏出剛借出的哈代的另一本英文作品《卡斯德橋之市長》，向他揚一下，說：「我們可以說是同道中人。」

他有點空谷足音之感，是的，現今哈代不是主流的文學家，有人甚至認他已過時。於是微笑地說：「是的，我們是同道中人！」

「好的文學作品穿越時空，永不過時！」她的話都直透他的心窩。

「妳說得對極了！」

「我本來是要借他的成名作，見到你正在追讀，所以才選了他這一本。」

「噢……」

「是了，你既然一直追讀《遠離公眾的注意》，為什麼不索性借出？可以一口氣讀完。此書雖然是冷門，但難保有人會借，那你就中斷閱讀了。」她此話又說到他心坎上去，他也是一直擔心會有此事發生。

「我沒有圖書證。」他無可奈何地說。

「為什麼不申請呢？手續簡單又快捷，不需十分鐘。」

「我沒有固定居處，無法申請圖書證。」他坦白地說出來。

「原來如此。」她說完，立即從手袋中掏出另一張圖書證，交給他，說：「這給你去借書吧。」

「小姐，妳信任我這個居無定所的陌生人？」他頗感意外。

「我絕對信任你！因為你是個真正的讀書人。」她此話又一次說到他的心眼上去。

「小姐，妳真好人！」他感激不已，正想返回圖書館去借書，但已關了門。

「你不必那麼急，明早去借也不遲，不會有人比你更快一步的吧？」

他也不禁為之失笑了出來。

「現在差不多是晚飯時間，我有點飢腸轆轆，讓我們去快餐店用膳吧。」她提議。

「我身無分文。」他唯有坦白地說，她借了圖書證給他，她既然主動提出用膳，作為男士的他自然應有所表示了，若然有能力自然樂於請她共進晚餐，可惜身上從未有過錢財。

「高級餐店我無力負擔，快餐店可以付得起的，如果你不介意的話。」她說「介意」這兩個字是有雙重意思的。

「快餐店好極了，也最適合我。」他爽快地同意了。

在進食時，大家交換了姓名，他叫杜叢，並大方地說他是吃他人餘食而過活的。

「原來你是個現代的杜甫！你很可能是他的後裔。」她敬佩地說：「他全力寫詩，生涯只靠：『朝扣富兒門，暮隨肥馬塵。』即使過着『殘羹與冷炙，到處潛悲辛！』的日子也甘之如飴，正是他的專心一致，才能寫下不朽的詩篇，留存後世，永遠為人誦讀！」

「妳是唯一稱讚我的人。」他意外又感激地說：「杜甫是個大詩人，我怎敢和他相比呢！更不敢高攀是他的後裔，否則是有辱先人了！我只是個微不足道的書蟲而已。」他別有意思地強調「書蟲」這兩個字。

「以你的專注和孜孜不倦，相信已讀了不少文學作品，甚至博覽群書，如果你執筆，作品必定不同凡響，足以傳世。」她鼓勵他寫作，更大的用意是要他恢復「正常」的生活方式。

他微微一笑，以里爾克這一句詩來回答：「我只是容納而不作回聲的深淵！」

「這就是了，你飽讀詩書，怎能浪費你的才華呢！」

「所謂寫作以存世，其實我全無名利之心，又何必浪費心力去寫作而犧牲了閱讀的樂趣呢？因為每一本書，都是一個獨特而完整的世界，打開每一本書，都是另一次生命的經歷和冒險。我可以深入每一個人的心靈深處，反過來又可以豐富我的生命，甚至可以說是延長了我有限的生命，這是何等奇妙之事！沒有任何事物可以取代我對閱讀的樂趣。」

他的話深深地打動了她的心，她本來是要導他入「正軌」，怎能反過來受他影響呢？於是說：「你的話的確給我很大的啟發，但你的方式未免太過極端。其實只要生活簡單一點，就可以作出平衡，依然可以做你喜歡做的事。你不必刻意去追求名利，但亦無須避之如蛇蠍，你只要做出了成績，名利自然而來，同樣是何樂而不為呢？」

「問題就正是我不想有作為！為讀書而讀書而已。生年不滿百，人生何其短暫，正是『天地轉，光陰迫，一萬年太短，只爭朝夕。』我只是率性而行而已。」

「你真是一條名副其實的書蟲！」

「不錯，這個時代最適合我做書蟲。例如活在杜甫之時代，大致上可分為兩類人：平民與官員。平民無機會接受教育，諸如農民和工人，為生計而終日勞碌，也未必有溫飽，讀書等性靈活動於他們無緣。只有官宦世家的子弟，才有資源和空閒得到知識，及後才能發展自己的興趣。杜甫正是生於官宦之家，祖父又是大名鼎鼎之詩人杜審言，他有此條件才能成為詩人。即使如此，晉升不到高官，生活困苦，連小兒也餓死了。當然，他耽於作詩，又風骨稜稜，仗義執言而惹禍，亦是原因。在這個富裕的社會，飲食於我隨時可以不勞而獲，不必像杜甫那樣要仰人鼻息。睡於橋底或騎樓底，也遠勝於杜甫不蔽風雨之茅屋。圖書館可以讓我飽覽古今中外名著，既然有此好條件，怎能不盡情閱讀？對於浩瀚無涯的典籍，又與時俱增，我不知何年何月才能讀到萬分甚至億分之一二，我只嘆一日只有廿四小時實在很不夠！」

她聽了也為之動容。

四

醫院抽骨髓的手術順利完成，病人安然渡過。但不幸的是化驗結果證實有癌細胞，並已擴散。醫生安慰說既然知道病因，可以針對病因安排化療，希望還是有的。在化療期間，病人身體會迅速惡化，嘔吐不絕，胃口本來不佳，現在更吞嚥困難。頭髮落盡，形銷骨立。疼痛更頻密，止痛藥和止痛針無甚效力。當父親緊咬至嘴唇出血時，她就忍不住流淚。她懷疑化療是否有反效果，但捨此之外，別無他法。醫生說這是應有之現象，捱過了就會好轉。

反而是父親安慰她，說：「我在地盤工作數十年，全無損傷，已是十分之幸運。試問有哪一個地盤沒有傷亡？我就目睹不少工友因工而殘廢，重傷甚至身亡。我也有好幾次與死神擦身而過，真是邀天之幸！」

「爹哋，你這個病很可能就是因工作所致的！」她悲痛地說。

「不會的吧？」

「你不煙不酒，生活正常又有規律，怎會得此病？建築地盤堆積很多建築材料，不少含有放射性物質及有害原料，加上你長時間辛勞工作，曝曬雨淋，所以才患上此病！」

「那就真想不到，即使早知道又如何？這是我唯一的工作，只有認命好了。」

「爹哋，你是個硬漢，你吉人天相，一定會好過來的。」

「其實我到了這個年紀，又有妳這個好女兒，走了也沒有什麼大不了，只是這個病實在太折磨人，妳老媽也是這樣病死的。不過，我很就快和她相會，也是件好事！」

「爹哋，你要支撐下去，你一定會好過來的，你不能丟下女兒不顧！」她完全崩潰了，伏在他身上失聲痛哭。

「圓圓，妳不會孤苦伶仃的，妳不是說過妳有男友的嗎？」他用枯乾的手撫摸着她的秀髮說：「是了，妳不是說過帶他來見我的嗎？快帶他來吧，遲了恐怕來不及了！」

「爹哋，我會帶他來見你的。」她嗚咽着說。

五

得到方圓圓這張借書證，對杜叢可說是如獲至寶。白天他依然到圖書館閱讀，關門時就可以借書外出，在麥當勞繼續讀下去，尤其是在公眾假期及圖書館每週關門一天的日子，這張借書證就更為重要了。他對方圓圓萬分感激。她也常來圖書館見他，每次來都必定和他共進晚餐或午餐。她也並沒有要求他改變生活方式，所以和她相處，令他感到輕鬆自在。何況她如此美麗，又可談文說藝。而作為人自然會有人的感情，亦需要有朋友來交流。

今天她又和他共進午餐，並且送了一個精美的小皮袋給他，讓他擺放借來的書，袋中還有一本簿和筆，讓他可以書寫或記事。

「圓圓，妳對我實在是太好了，可惜我無以為報。」他不無慚愧地說。

「能夠認識你，是我的榮幸。如今世上有哪個像你如此專注的讀書人？我敢說絕無！何況與你交談也得益良多，給我很大的啟迪。你也是我所遇到最博學又最有智慧的人，你的學問真是深不可測。更難得是你如此年輕，即使你從懂事起閱讀，也不可能如此博覽群書！」她敬佩又奇怪地問。

她可以說是無意中問到最關鍵處，他沉吟不語，一時之間不知如何作答，只是含糊地說：「其實在浩瀚無涯之書海中，我涉獵之範圍也很有限。」

她也不追問，反而透露自己的身份：「我是記者，本想對你奇異行徑作報道，最初我以為你是個遊手好閒，不務正業自甘墮落的人；又或是對這個社會充滿怨懟，以躺平的方式來抗拒。深入了解你之後，我就放棄了，並將你視作朋友，不讓大眾干擾你。」

他恍然大悟，感動地說：「原來如此！」

「那麼你願意做我的朋友嗎？」

「樂意之至，事實上我早已將妳視作知己，我只怕是有點高攀了！」他高興地說。

「很好，既然你願做我的朋友，我可否提出一個要求？」

「我會為妳蹈湯赴火！」他義無反顧地說，他也高興終於可以為她做點事。

「我父病重，你可否陪我去探望他一下？」

「噢，世伯有病，我當然要去問候，怎能說是要求那麼嚴重！」

「你是個非比尋常的人，當然要事先問准你。」她認真地說，尤其是想到病重的父親，她的要求的確是並不平常。

他為之失笑，而「非比尋常的人」這句話對他而言最適當不過了。

他們立最即前往醫院。

杜叢見到病人也大為吃驚，已乾癟得不似人形，即使戴了保暖的帽子，也可以看到已是全無頭髮。眼窩凹陷，形成兩個大洞，眼皮半閉，不知是睡着還是昏迷。雙頰深陷顯得兩顴高聳。上下的牙齒幾乎盡露，已是皮不能包骨。若非病人還有些許氣若游絲，則與骷髏頭沒有分別。他想不到疾病可以折磨人到此田地！

方圓圓每次見到父親的模樣都忍不住流淚，這次還加上吃驚及懊悔，難道真的「來不及了」？

她輕輕地握住父親的枯若柴枝的手，撫摸着，好一會病人的眼皮動了一下，於是她在他的耳邊說：「爹哋，我帶了他來見你。」

她又重複說了一次。病人才睜開眼皮，吃力地要坐起來，她忙扶住他，只覺輕得離奇。杜叢俯下身，握着病人的手，說：「世伯，你好，我是杜叢。」

病人終於看清楚來人，是個頗為俊朗的青年，斯文而又英氣勃勃，對其美麗的女兒可說十分之匹配，興奮不已，用盡氣力說：「好……好極了！」

「世伯，你要多多保重，你一定會好過來的。」

病人搖搖頭，然後又高興地問：「你……做盛行？」

她搶先代他回答：「他是我的同事，主編文藝版。」

病人聽了更為開心又放心，剎那之間，病情似乎好轉，精神大振地對女兒說：「妳早就應該帶他來見我，省得我牽腸掛肚！」

「爹哋，杜叢他很忙，今日才能抽空。」她見到父親精神煥發，說話也流暢有力，為之奇怪又高興，難道真的有所謂沖喜這一回事？

「世伯，我很想早些來探望你，只是報館事務繁重，拖延至今，很不好意思。」

他自然地作出配合。

「不要緊，不要緊，你來了就行了。你肯為圓圓百忙中來見我，足見你非常有心，我十分之開心，十分之感激！你和圓圓是同事，又同樣喜愛文學，真是天生一對！」病人捉着他們兩人的手，連成一起，然後又說：「杜叢，我將圓圓交給你，我可以安心離去！」病人說完就微笑地閉上眼皮，捉住他們的手逐漸放開了……

她大驚失色，忙探父親的鼻息，沒有呼吸了，心跳停頓。病人突然好轉原來是迴光返照，心願得到完成，耗盡僅餘的氣力後就不能再支撐下去。人的意志力量真是如此巨大？能夠將極其痛苦又虛弱的病軀強撐，直至能見他最後一面！杜叢，不就是活生生的另一個例子，他為了爭取分秒之閱讀時間，甘願露宿及食他人之餘食，受人鄙視，若非有強大的意志力量，怎能做得！

她雖然知道父親的病無法好轉，一旦離去，還是悲痛欲絕。尤其想到母親六年前亦因此病去世，自己從此孑然一身，怎能不哀傷，於是伏在父親的遺體上大哭。杜叢不知如何安慰她，事實上他有些手足無措，因為病人是見到他而離世，這令他十分不安，只能緊緊握着她的手，囁嚅地說：「對不起……很對不起……我……」

「杜叢，你不要這樣說，我應該感謝你才是，你肯陪我見我父最後一面，令他安然含笑而去，這已是最好的結局。」

病人死前的話將女兒交給他，令他感到甜蜜，同時亦有千鈞之重。這是他第一次感受到人生之歡欣和人世之壓力！

六

為了處理父親的身後事，她要求杜叢協助，他自然義不容辭。為了方便，她邀請他到她家中暫住。她租住的單位雖小，亦有兩間房。一間是父母，另一間是她自己。如今父母雙亡，正好讓杜叢下榻，不再感到孤單和寂寞。

對於杜叢而言，這是他第一次入住居室，不再吃他人餘食，過正常的生活。她對他的信任，令他感動。而他能夠和如此美麗又聰慧的女子共處，的確是很美好之事。他不得不承認，他已愛上了她，這是無可抗拒。

她對他也有好感，否則怎會「引郎入屋」？兩個年輕人互相欣賞和愛慕，由此進一步發展，也是很自然又平常之事。生而為人，自然會有情慾，何況是精壯之年輕人！而最令他不安的正是這一點，可是現在要抽身離開她，已做不到。

他就是在這種矛盾的心情下和她共同生活，不過，只要他不越雷池半步，就平安大吉。但他能堅持發乎情止乎禮嗎？若然她主動，他能抗拒嗎？無論結局如何，愛別離之苦已可預見！這也是生而為人之煩惱。

這一天，杜叢陪她領取了父親的骨灰，依照其父的遺願選了綠色殯葬，同母親合灑一地。他們來到一株玫瑰花樹下，這是六年前其母骨灰灑放之處。他們取出骨灰，繞着玫瑰樹灑下去，她含着淚說：「媽咪，我現在帶爹哋來和妳相會，你們可以永遠在一起！永不分離。」

杜叢聽了也為之心酸，作為人，也就必然會有愛別離之苦。有一天自己和她都會經歷此苦，是的，當他與她相識開始之時，此苦就已經種下來了！

當撒完了骨灰後，她就淒然地說：「六年前，我和父親在這裡灑下母親的骨灰。今天你和我在這裡灑下父親的骨灰。杜叢，有一天我若然去世，希望你將我的骨灰也灑在這裡，讓我和父母永遠在一起，因為你是唯一的好友，你答應我嗎？」

他聽了吃驚地說：「圓圓，妳為什麼這樣說呢？妳年輕得很，那是很遙遠很遙遠未來之事。」

「世事無常，有什麼事不可能呢？」她別有意思地說。是的，剛好就在昨晚，她的身體又突然出現第二次莫名的痛楚，又迅即消失，雖然沒有如第一次那樣痛得暈過去。第一次還可以說是偶然，第二次出現就是個不好的預兆。她的母親死於血癌，父親死於骨癌，她的身體必然遺傳了雙親的基因。想到其父死前之苦況，就不寒而慄。

「圓圓，妳不要胡思亂想。」他還以為她痛失雙親，又觸景傷情，所以才有如此說。對她之子然一身，他的確是又憐又愛的。

「杜叢，我要你答應我！」她固執又認真地要求他。

「好吧，我答應妳。」他無可奈何地同意了。

她低下頭感激地握着他的手，他感到有溫暖的淚水滴到他的手背上。

七

這一晚她可以提早下班，不必到快餐店去解決。她特別做了幾個精美的小菜。杜叢吃得津津有味。他本來對食物全無要求，但求果腹而已。如今他的味覺才首次得到體驗，應該說第一次得到滿足。

「圓圓，想不到妳的烹飪如此了得！」他讚不絕口，同時又感到這不就是構成家庭溫暖很重要之一部分嗎？而家庭溫暖正是他從來沒有過之事。

「這不過是家常餸菜而已！」她得意而又不無傷感地說：「這些釀土鯪魚，豆腐蝦仁，鮮魷西芹和通菜炒牛肉，都是我父喜愛之廉價食物。你也喜歡就最好了，以後我若能早些下班，我樂於為你下廚。」

「喜歡極了，其實妳也不必弄那麼多款式的餸飯，每次一兩個就很夠了。」他感激地說。

「是了，你小時候有沒有吃過你母親煮的菜嗎？」她乘機問。因為他從未提及過去之事。

他沉默了一會，才說：「我是一個孤兒。」

「你連父母姓名也不知道？」

他搖搖頭。

「那麼你的養父母呢？」

「我是在孤兒院中長大的。」他口不對心地說。

「哪一間孤兒院？」

他又沉默下來，不知如何回答。她對他那麼好，那麼信任他，實在不忍心欺騙她，很想將秘密向她說出來，問題是即使他坦白說出來。她也絕對不會相信，許多人都不會相信。

她理解地拍拍他的手背說：「你的過去必定很不愉快，你不想提起，我也明白。」

他內心交戰着，應否向她抖出來。

她又奇怪地問：「你每晚入睡前，總是結跏趺坐一段時間，如僧人入定，難道連你如此簡樸無求的生活也有壓力，以此法來減壓？」她又無意中又問到他的為人關鍵之處。

他微笑一下，這一點他倒是不妨向她透露一二，於是說：「我靜坐不是為了減壓，而是默記我喜歡的經典作品。」

「例如？」

「我能夠背誦出莎士比亞四大悲劇及四大喜劇。」

她不大相信，於是隨手從書架上取出英文原著之《李爾王》以測試，他純熟地以英語背唸出來。唸了十多頁都一字不漏。她又取出另一本《奧塞羅》，由第三幕開始要他背唸，同樣難不倒他。然後她又取出《馴悍記》，要他背唸最後一幕，他仍能一字不漏。至此她完全信服，無須他再唸下去了。

「你只能背外國文學作品？」

「我當然能背誦更多的中國經典作品。」

「例如？」

「諸如：《詩經》、《楚辭》、《易經》、《左傳》、《老子》、《莊子》；個別詩人則有李白，杜甫，李長吉及李商隱全部的詩作。」他當然還可以背誦更多非文學經典名著，但已足夠了，不必再數下去。

她驚訝又佩服，說：「想不到靜坐能有此神奇的作用！」

「用心專一而已，當然這並非一朝一夕就能做到。」他淡然地說。他這樣做並不是故意炫耀，而是另有深意，暗示他是具有異於常人之能力，給她一點心理準備。當他向她透露更大的秘密時，可以取信於她。

「杜叢，你行住坐臥都可以專心書本，你真是個書蟲！」

「我本來就是個書蟲，妳說得對極了！」他滿有意思地說。

八

這一晚她又有機會為他下廚，她精心地做出藕片炒腩肉，酸筍蒸魚雲，以洋蔥碎肉做餡的煎蛋角。他大飽口福之後，他大讚之餘不無愧疚地說：「圓圓，我不能在這裡白吃白住下去！」

她大吃一驚，忙問：「杜叢，你不是要離開我吧？你在這裡並不妨礙你閱讀！」

「絕對沒有妨礙，事實上我在這裡有更多時間閱讀，又能更專注更舒服地讀書，我快意極了。但我怎能要妳白白地供養我呢？」

「這裡有一個丟空的房間，你在此居住，並無增加任何額外花費，只是兩頓極其簡單的膳食而已。我倒是高興有你陪我，否則我就太寂寞太孤單了！杜叢，你萬萬不能離開我！我父臨終時不是將我交給你，要你照顧我的嗎？」

「這就是了，現在是妳照顧我，不是我照顧妳，我有負妳父所託。我的確很想照顧妳，但沒有任何謀生技能，妳認為我可以做什麼工作呢？」他苦惱地說。

「哦，你想工作，這點我們可以從長計議。」她由憂轉喜，終於可以將他引導入正途了。這亦有助他走出以往之陰影。她認定他有一段傷心史。

「很好，圓圓，妳為我找些工作吧。」

她考慮了一會，取出一個檔案，那是她做訪問的記錄。那是一個貧窮的單親家庭，母親獨力撫養自閉症的兒子，發覺給他紙筆，就可以安靜下來，能長時間心無旁騖地畫東西，畫出來的動物和物件，都維肖維妙，於是循循善誘地助他力發揮所長，成為傑出的小畫家。

訪問記錄中還附有許多他的畫作，果然十分之精彩。

「這個案我未有時間下筆，你是否有興趣將之整理編寫出來？你可以用任何方式來表達，甚至以詩歌的形式。」

「我從未執過筆。」

她笑了一下，說：「你不必用筆，我指點你用電腦，方便又快捷得多！」

他也笑了，說：「我是怕寫出來的東西難登大雅之堂。」

「你讀書破萬卷，區區小文，對你而言，是厚積薄發，必定可觀，我很期待！」

「妳是給我壓力呢！」他也躍躍欲試。

於是她開動電腦，教他如何使用。

杜叢看過訪問記錄及這小畫家的作品後，發現全部都是素描，功力深厚，與名家不遑多讓。單是看畫，誰也想不到作者是十一歲之小童，而且患上自閉症。如何下筆才動人呢？於是決定以小說形式，每節配合李小明的畫作，主題是母親。他母親遭丈夫遺棄，只能做清潔工，獨力撫養兒子。但兒子脾氣和性格都很怪異，不肯上學，不是終日獨坐不發一言，就是大吵大鬧。有時她收工回家，發現劏房被搗亂得翻天地覆。她工作整天已是筋疲力盡，還要收拾這個亂攤子；欲哭無淚的是，不少東西被摔毀，又要再添置。生活已很拮据，再加上這個兒子，真是百上加斤！真是身心俱疲！可能是欠缺父愛之故吧，她加倍憐愛他，不離不棄。

後來無意中發覺他拿到筆和紙，就安靜地專注地畫東西。於是節衣縮食，買許多畫冊和紙筆給他描畫，對他的創作時時讚賞，逐漸可以和其他人溝通，最後才發現他患有自閉症。但她不懂得為他申請入讀特殊學校，只是鼓勵他繼續畫畫，從圖畫中乘機教他認字。他也得其所哉，終日沉迷於繪畫。對於認字，他也當作畫來看待、來摹寫。只要是與繪畫有關，他就有興趣，在母親悉心教導下，倒也認識了不少字。他將二三十本畫書臨摹殆盡多次，與真跡相差無幾。

單是買畫冊已十分吃力，她無能力再買顏料，不過他已很滿足畫鉛筆畫。

小說中每一節加入各種對母親的刻畫，這是和李小明母親作隱晦的對比：奧林匹克山上宙斯之天后，亦是眾天神的母親赫拉，造人之女媧，聖母與聖嬰，聖母與垂死的基督。此報道小說的標題就是「母親」。

至於小說中加入李小明的畫作有：《我的母親之一》：是個穿着制服的清潔女工，正在掃街，笑容是燦爛的，是個敬業樂業中年女人。《我的母親之二》：她在劏房中煮飯，旁邊就是廁所，仍然是笑容可掬。《我的母親之三》：她弓腰在碌架床下格，一針一線地修補兒子的破衣，正是慈母手中線，痴兒身上衣；《我的母親之四》：她坐在下格碌架床，得意地欣賞攤在床上幾幅兒子之畫作。《母親的盼望》：母親拿着兒子的畫作，抬頭凝望漏水天花頂而微笑，當然不是欣賞此水泥剝落而露出鋼筋的牆壁，而是對兒子未來的期盼。這小畫家就是愛捕足母親的笑容，美麗極了！《最美麗的一雙手》：是他母親的手，那雙不是一個中年婦女應有之手，黧黑，粗糙，滿是厚繭，指節骨棱棱地突起。

《我的畫室》：原來就是小畫家的上格碌架床上，放置一張矮小的塑膠凳，再放一方形的夾木板，就成為桌子及畫架了。《從垃圾站檢回來的小貓》：是一隻可愛的小花貓，牠各種神情和動態都捕捉下來。《我們一家三口》：母子二人端坐在下格碌架床，小貓神氣支起前足而坐中間，三口子正面地對着前方微笑，對未來充滿信心，完全是合家歡照片的模樣。

對李小明的畫，杜叢加上此按語：「在美術史有幾幅著名的母親畫像，諸如杜勒繪畫之《我的母親》，只見面骨嶙峋，雖有真實感，但令人不忍卒睹；賀治畫的《削蘋果皮的母親》，給女兒吃蘋果，衣服和家居都很富裕，溫馨得來而全無生活壓力；德美雅畫的《洗衣婦》，一手拖着小兒，一手摟抱着大堆要清洗的衣服，兩人艱辛地爬着斜坡，雖然暗喻生活崎嶇，但看不到表情。

「小明畫他的母親，在困苦中堅強又開朗，對未來很樂觀，這才是最為重要之處。當然，對於一個十一歲有自閉症的兒童，他不會有此自覺，這正好是他如實地將母親的神情描畫下來，母子二人心理狀態最真實之反映。至於他將母親粗糙又爆裂的雙手，稱之為「最美麗的雙手」，因為這雙手是撫養他，給他最鍾愛之畫冊和紙筆。羅丹也曾雕刻出女性一雙美麗的玉手，但與李小明所畫之母親之雙手相比，就顯得多麼蒼白無力！」

杜叢在結束時如此語重心長地說：「這個能作為模範的母親，由於知識，和能力不足，又忙於工作和照顧，不能為兒子申請入讀特殊學校，有關機構為何不主動幫她一把呢？」

九

方圓圓將杜叢這篇報道式小說《母親》，連同李小明的素描和她拍攝母子劏房的家居照片，在《新聞背後的故事》發表，連續刊登了幾天。引來很大的迴響和關注。首先得到福利署安排李小明入讀特殊學校，其後有美術社團為李小明舉辦個人畫展，這小童的繪畫天賦於是廣為人知，大家都促請有關當局對他加以栽培。母子生活得到改善，而最重要的是李小明的病情有所減輕，至少不亂發脾氣，可以和人有限度地溝通。

「杜叢，你的小說很有感染力，能改變一個家庭的命運，這是大大的好事！」

方圓圓敬佩地說。

「不，真正的功勞是妳這個專輯《新聞背後的故事》！妳獨具慧眼，又別出心裁，深知每一宗新聞不能孤立地來報道，必定有其前因和後果。妳能發掘其深層原因和來龍去脈，這才是重要之處。不特故事動人，還可以揭露出社會深層之病因，從而得到對有關當局的注意及改善！」

「這正是作為記者之職責。」她也得意地說。

「既然一宗簡單的新聞，也有其前因後果，生而為萬物之靈的人類，自然更有莫大之因緣！」他別有深意地說，是的，她一直很想知道他的過去，他曾對她說每晚入睡前打坐之事，因此知道他能強記許多經典。現在要進一步揭露，因為這關乎他們「終身幸福」。

「當然，每個人之存在，都是有其原因的，你讀書才會識字，你工作才會有收入。正如李小明專心畫畫，才有成就，從而改變命運及緩和病情。」

「這是現世因果，但現世因果是不圓滿的，所以許多人都不大相信善惡有報之事。」

「你認為人是有前生及來世之事？」

「當然！」他正色地說。

她驚異地望着他，想不到一個讀書那麼多的人，竟然有如舊日無知和迷信的村夫愚婦。不過倒也看看他如何解釋，半嘲諷地笑着說：「願聞其詳！」

「正如妳所說，我即使自懂事時開始讀書，也不可能讀得那麼多的書，何況我能背誦十多廿部經典巨著！而且還可以與時俱進，有增無已。」

「你的確具有非常的記憶力，但也並非絕無僅有，外國有個弱能的兒童，只喜歡讀電話簿，能夠將整部厚厚電話簿之姓名，地址及電話號碼一字不漏地背出來，他能記住這些毫無意義名字和數字，不是比你更厲害嗎？科學家說人的大腦容量和功能至今未能完全了解，只知道許多人終其一生，能動用到的大腦不及十分之一！」

「重點是他是弱能，完全不理解有深度思想之文字，只能閱讀毫無意義之名字，地址及數目字，能夠全數記下來又有何用？他不過是個無靈魂和無思考如輸入及輸出的閱讀器而已。我不特可以記住，最重要的是能夠吸收和運用，他怎能與我相提並論？」

「你也說得有道理，那麼你記憶力那樣厲害，是如何得來的，是特異功能嗎？」

「與特異功能無關，很簡單，這是我多生以前勤習之結果，今生才能有此記憶。千多年前唐代大詩人王維就如此說過：『宿世謬詞客，前生應畫師。不能捨餘習，偶為時人知。』王維二十歲時已名滿天下，精通詩賦、書法、繪畫、作曲，更擅彈琵琶，能操控聽者之喜怒哀樂！上述任何一門技藝，許多人窮畢生之力，也未必能有此成就，為何一個不足二十歲少年即有此功力？世人只能稱之為天才。王維於是以此詩來解釋，因為王維本來就是精通佛法之人！身居高位，終身過着簡樸清靜之生活，中年時妻子病歿亦不再續弦。」

「前世的記憶如何能延續至今世呢？」她不大相信地問。

於是他作出詳細的解釋。

原來眾生皆有八個識：一，眼識，二，耳識，三，鼻識，四，舌識，五，身識，六，意識，七，末那識，八，阿賴耶識。前六識人盡皆知，至於第七識及第八識，即使是佛教徒也未必知道，除非是涉獵過唯識學。所謂第八識阿賴耶識是梵語，意義是收藏，能藏所藏。人的一生所作所為，善業惡業，言行舉止，起心動念，全都完整而絲毫不失地收藏在阿賴耶識之中。若作個比喻，阿賴耶識就有如電腦之記憶晶片，但容量無限，無形無相，永不損毀。人死後，此阿賴耶識就成為輪迴受報之主體。

前六識有間斷，諸如眼閉時就看不見，眼識不起。掩耳時就沒有耳識；人在沉睡，酒醉或昏迷時，連意識也沒有。人在沉睡及昏迷中，以及動物在冬眠時能夠維持生命，及後甦醒過來，正是有阿賴耶識執持之故。阿賴耶識及末那識恆常無間斷地活動着，互相攀緣。正因為末那識攀緣着阿賴耶識，以為這個恆常不息的阿賴耶識就是「我」，於是就執着這個「我」，這亦是「我執」緣起之根本原因！

阿賴耶識所收藏的「業力」，可以用「種子」來形容，這些種子若有外緣配合，諸如雨水和陽光，就會萌芽和成長，也就是阿賴耶識遇緣而起現行。王維生長在唐代詩國，成為大詩人；莫扎特生長在音樂之都的維也納，兒童時即成為作曲家音樂家。兩人若易地而處，王維有可能成為音樂家，莫扎特倒未必能成為大詩人了。

「唔，佛經中之『唯識學』對業力和果報的解釋，的確是很精密的理論，但只是理論而已，無法求證。」她仍然不以為然地說。

「當然可以求證！」

「如何？」

「這就要看各人之根性和修行了。所謂嗜欲深者天機淺，嗜欲淺者天機深。以我而言，我在結伽趺坐中，可看到我前生！」

她又一次驚異地望着他，難以置信地問：「你前生是怎樣的呢？」

「我前生精研佛法，尤其是《唯識學》，所以我今生再接觸到《瑜珈師地論》，即能很快就背誦全書一百卷全文。《唯識學》是佛學之精粹，玄奘往天竺求法，就是要原原本本學習此彌勒菩薩之經典原著，《唯識學》推理邏輯性很強，所以他又必須學《因明學》。學成之後，將梵文原著帶回中土，翻譯成中文，並成立《唯識宗》。」

「你之所謂在入定中看到前世，很可能是你自我催眠而已。」她無論如何也不相信。

「有修行之人，在定中看到前世又何足為奇。在二三百年前，古今中外還認為天圓地方，是天地間唯一的世界。二千五百多年前，釋迦牟尼就在定中看到整個大地浮懸在空中，稱之為『地輪』，並知道『地輪』之外還有無數如恆河沙數之十方大千世界。『地輪』者即現今之地球也，地球不過是太陽系其中一個小行星而已。太陽系與銀河系相比，有如十多粒沙子而已，而銀河系以外還有數以數十億計之銀河系，這是近代科學家才認知之事，釋迦牟尼二千多年前就已知道！又如近世發明顯微鏡，才知道有細菌，釋迦牟尼早就說過一杯水有八萬四千個生命！

「至於說到布施，佛經有法施及財施。法施分為出世間法及世間法，前者是以之脫離六道輪迴，後者是各種學問及謀生技能。財施分為外財施及內財施，外財施乃是金錢，房屋，妻子，甚至整個國家。內財施則是頭腦手足眼耳口鼻心肝脾肺腎，乃至骨肉血髓，甚至生命。直至近二三十年，心臟移植手術已然可行。所以科學愈進步，愈能證明佛法之正確和博大精深。」

「任何宗教都強調布施，只有佛學之布施才如此深刻又透徹！當然還有無畏施，這是佛教才有之布施，也是最重要之布施！世間凡夫俗子，可畏之事實在太多了：畏高、畏密室、畏空壙、畏單獨、畏群眾、畏黑、畏光、畏水、畏血、畏雷電、畏狗、畏貓、畏蛇蟲鼠蟻等等。這些千奇百怪之畏懼症逾萬種，唯有佛法才可化解這些可憐人之心結或心魔。」

這的確是無何否認之事，她笑着問：「那麼你前世又前世之事呢？」

「我的能力只能知道前一世。」

「所以你每晚仍要打坐來加深你的道行了。」她半調侃地說。

「打坐是要延續我的生命……」他說漏了嘴，改口說：「我打坐，現在只達到『輕安』之境界而已，與『初禪』還有一段距離，更不要說達到『二禪』、『三禪』、『四禪』。以神通第一的佛陀弟子目犍連，曾嘗試以神通追尋一隻鴿子的前世，也只能追尋到鴿子之一百世依然是鴿子，過了一百世，目犍連就無能力了。佛陀則對他說鴿子在四萬八千世之前，鴿子本是王子。由此可見人身極其難得，生而為人，要好好珍惜和修行，增長福德智慧，以免又再墜入惡道！」

十

這天圓圓可以提早下班，比以前更為「滿載而歸」，她買了魚、龍蝦、蟹、雞等，這是她首次買如此「昂貴」的食材。還有一個生日蛋糕，一支法國一九四〇年之葡萄酒，是報館社長到法國旅遊時買回來之手信；贈送給她，作為犒賞她的《新聞背後的故事》大受歡迎，也是作為她生日的禮物，所以才有此出手頗重之「手信」，原來今天是她的生日！

「圓圓，原來妳今天生日，可惜我沒有什麼禮物送給妳！」杜叢歉疚地說。

「有你陪我，就是最佳的禮物。是了，這支貴重的葡萄酒，你也是有功勞的，你之《母親》為《新聞背後的故事》生色不少，也大增身價。」她衷心地說。

「區區一篇遊戲之作，我不敢居功。」

「杜叢，你和我一同下廚，你要為我劏雞及清洗，你肯犧牲一點閱讀時間嗎？」

「樂意之至，妳又為我烹調美味之食物，我怎能不略盡綿力呢！」

於是他成為她之助手，她的廚藝已很了得，現在有此美好的食材，自然更是相得益彰。這頓豐富美味的晚餐，加上這支一九四〇年釀製之葡萄酒，真是最美妙的配合。杜叢是第一次喝酒，佳餚美酒他有點飄飄然。圓圓雙頰酡紅，美艷得不可方物。

他唱完生日歌，他要她許願，於是她別有意思地唱出：「給我一個吻，可以不可以？」

「當然可以！」他擁吻着壽星女，她也緊抱着他，酒精混合她身體的香氣，令他情不自禁。她酥軟又充滿彈性之身體，令他血脈沸騰，這是他首次接觸到女性的身體，此奇妙的感覺是前所未有。他們都是精壯盛年人，這是本能又正常之反應，兩人都激情澎湃。其實他們都一直壓抑着，現在終於缺堤了，一發不可收拾……

但在最後關頭，他懸崖勒馬。

「什麼事？」她仍然緊抱着他。

「圓圓，我們不能這樣做！」

「為什麼？」

「如果我們要永遠在一起，就萬萬不能這樣做。」他痛苦地說。

「正就因為我們要永遠在一起，才要這樣做！」她堅決地說。

「圓圓，我是有苦衷的……」他欲言又止。

「那麼將你的苦衷坦白說出來吧。」

現在圖窮匕現，他唯有坦白地說出真相——

原來他是一條千多二千年的書蟲，自從蔡倫發明了造紙之後，牠就生存着，一直蛀書啃書不已。積聚的文字及性靈，今生才能以人的形態出現，但每晚仍要結伽趺坐修行，才能維持生命，同時不能破色戒，否則前功不盡廢，甚至性命不保。她見他說得認真，忍不住哈哈大笑。

他為之狼狽不堪，無可奈何地說：「我知道很難令妳相信，但這是我真心的話，妳是我至愛的人，我為何要欺騙妳呢？」

「杜叢，你愈說愈離奇了，最初你說打坐是加強記憶力，現在又說你是一條書蟲，打坐是維持你作為人的生命，你要我相信你哪一句話呢？」

「兩者都是，打坐可以加強記憶及保持作為人的生命，而我驚人之記憶力，不正顯示我並非普通人！如果我們今生要長相廝守，就不能有肌膚之親和魚水之歡！」

「你記憶力強，也不能證明你真的是個書蟲，外國有弱能兒童就能背誦整部電話簿。其次，我們若是不能有魚水之歡，長相廝守又有何意義？難道在這個世紀，你還信奉柏拉圖式的戀愛？你真是個書獃子！」

「柏拉圖式戀愛也很不錯。」

「杜叢，我相信你過去一定有很悲痛之經歷，而這一定是和感情有關！我不知道這個女子曾如何對待過你，如果她有意外，這已是過去，無可挽回。如果她主動離開你，那她是不識寶，有眼無珠，你何必對她還念念不忘呢！」

他為之苦笑，要她相信他是由書蟲變成人，是極其「荒誕」又反「科學」之事。

正所謂「夏蟲不可以語冰」，天圓地方，地球是宇宙的中心，不是要到近二三百年才被推翻嗎？

「杜叢，如果你真的愛我，就讓我進入你的肉體內，你的心內，讓我們水乳交融，才能合為一體，才能解除你的心魔！」她說完就採取主動。她這樣做還有一個更大的原因，因為近來那莫名的身體劇痛又來了，雖然是迅間之事，但出現比前兩次更頻密，訊號清晰得很，她的雙親就是死於此病的！她要在病魔毀壞容貌和身體之前，以最美好的形態呈現給杜叢，讓他有個最完美的記憶。何況她已踏入二十九歲了，不能再蹉跎下去。

他一接觸到她柔美的肉體，就情不自禁了，世間上有什麼比肉體之樂更令人迷惑或迷戀呢！這也是人的弱點，他可以突破名利和榮辱，但仍未能擺脫男女之間的情慾，老子不早就如此說過嗎：「人之患是在有吾身！」

他們第一次享受到人生最大的歡樂，對杜叢而言，他知道代價十分之巨大，如此美妙之快感，即使是萬劫不復，也是值得的，何況他怎能拒絕她呢！圓圓更是快慰非常，不特是肉體上，也是心靈上，她不再感到孤苦伶仃了，她終於得到，靈與慾合一，而且可以令他恢復過正常的生活。

他們甜蜜地依偎地躺着，圓圓感到無比的幸福。激情過後，他們在依偎中都有些睡意，但杜叢警醒着，他要盡量延長與她相處的時間。是的，現在每一刻都十分之珍貴，但圓圓漸漸地閉上眼，露出滿足之微笑，看來她很快就要入睡。

「圓圓，妳不要睡，妳醒醒，妳聽我說，妳要聽清楚！」他說得十分之認真。

「杜叢，你說吧，我會聽清楚的。」她歡欣地說，似乎有點清醒過來。

「圓圓，我很高興和妳在一起，也很感謝妳為我做的一切，認識了妳，又相處那麼久，我可以說是不枉此生了！明天，無論發生了什麼事，請不要驚慌，不要害怕，也千萬不要自責。妳要記住，妳所做的一切，都是對的，對我而言，也是最好的，我真的非常非常之感激妳！妳也不要太悲傷，我們既有此因緣，來生，來來生，來來來生，即使是在千萬世之後，我們必定會再相遇，不論是以什麼生命形態，也許是在另一個非常非常遙遠之星球，我們必定會相遇……」他的說話逐漸微弱，他的眼皮沉重地垂下來，他作最後努力睜開，但還是不行，他不知道是入睡還是是……

她也抵不住睡魔而入睡，仍然緊抱着他。

十一

一夜酣睡，圓圓醒過來時，已是日上三竿。杜叢不在身邊，還以為他已先起床，隨即發現身旁有一條大銀魚，也就是一條大書蟲！世上竟然有這麼大的書蟲，足有一尺長！但已僵硬死了！她想起臨睡前杜叢認真地對她說的話，當時她不大了解其含義，現在終於明白過來了，他並沒有欺騙她，他的確是一條書蟲！

她並不驚慌，也不害怕，但自責是有的，是自己害死了他！其實他們互通姓名時，他已清楚地說明他是一條書蟲！杜叢，杜叢，不就是「蠹蟲」了嗎？到他向她剖白自認是一條書蟲，成為人形後，不能犯色戒，她竟然不聽信他的話。

她抱着這美麗有燕尾的銀魚痛哭，昨夜她是多麼的幸福快樂，醒來卻立即陷入絕望，一切都萬念俱灰，人生毫無意義。不過在絕望中卻又看到一絲希望，杜叢說過「我們既有此因緣，來生必定會相遇。」這句話給她很大的鼓舞，也是她在黑暗中的曙光。

她抱着銀魚，說：「杜叢，我相信你的話，我們來生一定會再相遇的。但我不稀罕什麼人身難得，做人實在太幸苦了，單是病苦及愛別離苦我就承受不了，讓我們八萬四千世都做一對快樂的鴿子吧，甚至做一對快樂的小麻雀也是好的！」

杜叢說過她不要太悲傷，這也是很重要的囑咐及叮嚀，他死前的話都是為她設想，怎能不聽他呢！因為這慈悲之心，不特是對他人，對眾生，對自己也要慈悲！

所謂愛人也要自愛，於是黑暗中那一點曙光更大了。

就在這時，身體內那來去無蹤的劇痛又突襲她，痛得她幾乎暈去，幸而很快又消失了，但也是愈來愈頻密。她必須把握時間，將杜叢這件事公諸於世，此不單是對他的記念，也是要世人相信是有前世和來生這回事。世人才會相信因果，才會有慈悲之心，亦只有慈悲才能解決世上一切的紛爭，眾生才會變得更美好更和諧！

她開啟電腦，打上《杜叢和我的故事》此標題，這可能是她主持《新聞背後的故事》最後一個特輯，竟然是由她本人的故事來作結，倒也很適合。

當她構思如何開始時，又有點躊躇了，世人會相信嗎？甚至連總編輯這一關也過不了而無法發表，心力豈非白費？但無論如何也要寫下來，只要寫下來，就有機會發表。至少也可以有個記錄，只要有人閱讀過，即使不會立刻相信，也已播下一顆美善的種子，終有一天會萌芽成長。是的，這不是相信與否的問題，這是一個美善的故事，單是這一點，已很足夠了！

霹靂眼

一

小丁在月上柳梢頭的時候，又走上這個情侶幽會的小山丘，他並非人約黃昏後，他沒有女友，他多渴望能有一個女友，可恨的是至今仍形單影隻。他已經十六歲了，有的比他還小的同學已有親密的女友了，可以電影院中親熱，甚至來這裡有更進一步之肌膚之親！

他來此情侶約會之勝地，為的是偷窺其他情侶之親熱行為，有的情到濃時，更會打「野戰」。這種親歷其境之偷窺刺激，比看色情電影更甚。事實上許多情侶在這裡均是肆無忌憚，各對野鴛鴦都興奮到忘其所以，又怎會想到會有人偷窺呢！

小丁現時就躲在濃密的灌木叢中，有如一頭小野獸，屏息靜氣地守候着獵物。事實上周圍都有不少獵物，上演着各種好戲，任由他選擇，可以說是目不暇給。原來偷窺是會令人上癮的，難怪他每隔幾晚，就會上來欣賞。

這時左邊有一對年輕的情侶，最初是擁抱親吻，跟着就互相愛撫，其後愈來愈興奮。情侶都會如此，但這一對則最為大膽徹底，索性脫掉所有衣服，就在草地大幹起來。男的爬在女的身上，不停地高低地起伏着，女的更放恣地呻吟……

今夜正好是月圓，皓月當空，這對肉蟲清楚地展現在小丁眼前，看得他心旌搖蕩，即使是旁觀者，也是血脈沸騰。他雖然目睹過不少情侶之愛撫行為，但這一次最為清楚刺激，不特近在咫尺，聲色俱備，氣息可聞，這對男女又大膽狂野，彷彿專為他而表演。

小丁正看得如痴如醉的時候，一輛電單車迅速駛至，一直衝到小山丘之高處才停下來。小丁以為又一對情侶來這裡談情，原來只是一個單身的男子，難道此人也來「觀戰」。但如此「聲勢」，豈不是破壞所有情侶之好事，真是大煞風景！

小丁一邊欣賞這對肉蟲，一邊留意那名神秘男子。原來他並非來偷窺，只是站在小山丘的高處，仰望圓月，似乎有所期待，又似在賞月，姿勢和野狼頗為相似，只欠嗥叫，情形詭異得很。

說也奇怪，本來萬里無雲，皓月星輝的天空，在這男子仰望或期待之下，逐漸黑雲四起，星光沒有了，圓月也被掩蔽了。四周漆黑，連近在咫尺的兩條肉蟲也看不清楚，小丁失望之下轉而注意那名神秘的男子。

其他的情侶也注意到此不速之客，雖然黑暗，但他站在小山丘的身形依然清晰可辨，只見他昂首期待着。這時黑雲中出現了閃電，刹那之間擊中此人的頭顱，有的情侶忍不住驚叫起來，以為他必死無疑，但他沒有倒下，反而張開雙臂，嘴唇嗡動，唸唸有辭，彷彿要迎接什麼。閃電再出現，直接射在他的雙眼中，或是他的雙眼能攝取閃電？不錯，他的雙眼正貪婪地吸收這些閃電！身體安然無恙。這裡的情侶都看得清楚。是的，他不特不怕電擊，而且十分歡迎呢！

這時閃電愈來愈多，愈來愈大，夾着雷聲，這些閃電完全集中到他的雙眼中去，情形怪異之至。他的雙目有如避雷針那樣，將這些閃電完全連接起來，彷彿連雷聲也貫注入去，被他完全吸取殆盡。他整個人就成為一個無限量的雷電收集容器！在這裡的人包括小丁，都看得目瞪口呆，若非目睹，無人相信世上竟然有此奇人！

閃電終於停止了，黑雲逐漸消失，星月重現光輝。這名屹立在小山丘的吸電男子，仰天哈哈大笑，睥睚一切，十分得意和滿足，似乎終於大功告成了！

有的情侶在黑暗中忍不住鼓掌，向他表示欣賞及敬畏。他轉過身來，只見他雙目射出詭異的綠光，有如兩團鬼火，在黑暗中來回地搜索着，看來此人是有夜視能力，閃電也能吸取，黑暗又怎能難得倒他！這些情侶都被這兩點掃過來之綠光，看得心中發毛。這時此人口中唸唸作辭，兩點綠光激射而出，而每射出一次，即有情侶雙手掩目，慘叫一聲而倒下，慘叫聲彼起此落……

小丁聽得心膽俱喪，俯伏在灌木叢中，一動也不敢動，大氣也不敢抖。直到慘叫聲停止，然後又聽到該男子得意地哈哈大笑，似是對自己的「功力」大為滿意，最後是電單車離去之聲音。當這裡又回復寂靜，只有蟲鳴唧唧，小丁才敢從灌木叢中爬出來。只見許多情侶倒在地上，包括那對肉蟲。他們的姿勢都是雙手掩目，除了血還流着，就沒有任何動靜了，十分之恐怖。他慌不擇路地逃下山。

二

王志明和何若蓮都緊張地閱讀報紙的頭條新聞，這幾天他們買了多份報紙，主要新聞都是十多對情侶命喪僻靜的山頭，死因皆是雙目被烈火灼燒過，眼球焚毀，火力沿眼睛神經線直入腦部而致命。

「這個人就是張弓力，想不到他終於煉成了閃電眼！」王志明憂心忡忡地說，跟着又慨嘆地說：「他為了測試自己的功力，竟然濫殺了廿多名無辜者！」

何若蓮聽了也為之不寒而慄，此人對無冤無仇的陌生人尚且如此殘忍，還會放過王志明嗎！事實上，他苦煉閃電眼，就是為了被奪愛之仇，一切都由她而起。十多廿年來他們一直害怕之事終於成真。

「他這樣做豈非暴露了身份，令我們有所預防或逃避？」何若蓮說。

「他正是要我們害怕，弄貓玩老鼠之遊戲。他的目力只要能感應我之眼電波，就能追蹤到我，我已成為其囊中之物！」

「他現在能夠追蹤到我們了嗎？」

他嚴肅地點點頭。

「有什麼辦法可避免呢？」

「辦法是有的，乃是我自毀雙眼，令他感應不到我眼睛的電磁力，他就較難追蹤得到，但也只是時間上之問題而已。」

「不！你絕不能自毀雙目！正如你所說，此法也完全不能避開他。這十多年來，你雙目的法力沒有消失嗎？」

「如果消失就上上大吉，可惜無法消除，這正是個大禍胎，煉成之後就無法擺脫！」他懊悔地說。

「你已許久沒有使用過法力了，你試試看，或許已消失了呢。」她抱有一絲希望地說。

他遊目四顧，正好見到一隻小蒼蠅飛過，他注目對牠凝視一下，小蒼蠅立即跌下來，生命就此了結，證明他的電眼法力並無消失。

「你可以對抗他嗎？」

「絕對不可能！我的法力只能殺死蚊蚋等小蟲豸而已，最大也不過是蟑螂，對於較大的壁虎就無能為力了！」

「如果你當日繼續苦煉此功，就可以與他對抗，他也不敢輕舉妄動了。」她惋惜地說。

「不錯，當日師父傳授此功給我們，後來我發覺師父根本不懷好意，只是利用我們為他復仇而已。所以我放棄修煉下去，也以為他未必能成功，想不到他有此苦心和毅力，加上機緣巧合，居然成事。」

何若蓮聽了為之默然，張弓力除了有逞強好勝心之外，最大的動力還是衝着她而來。他們三人本是同學及玩伴，一起學刺繡畫，並以此作職業。他們都日久生情，但她只愛王志明，最終和他結婚，張弓力從此懷恨在心，和本是好友的王志明鬧翻，但對她依然念念不忘，那是十八年前之事了。而由那時起，她暗中遂苦練指彈刺繡針。

這時她取出幾枚刺繡針平放在左掌中，右手逐枚拈起，兩指夾着，然後彈射而出，結結實實地釘在衣櫃的木門上，五枚繡花針平排成一線。

「我們不會坐以待斃！」她不無得意地說。

他想不到妻子有此絕技，雖然十分之佩服，但還是苦笑地說：「妳對付普通人的眼睛，自然綽綽有餘，但對張弓力之閃電眼，恐怕無能為力。妳要近距離才能發射，他遠遠即可以殺死妳。即使妳能走近他，妳出手無論如何快捷，也比不上他瞬間閃擊。他盯着妳的眼固然即時殺妳，而視線射到妳身體任何部位，受到電擊而無力反抗。」

「我不會正面與他對抗，我會出其不意突襲！」

「若蓮，為妳的安全着想，妳還是不要冒險。他是衝着我而來，由我去面對他好了。妳只要不觸怒他，他應該不會傷害妳。他可能對你餘情未了，他殺了我之後，就是要取得妳！」

「如果他要殺你，我會拼死反抗，你死了，我也不會獨活，他只能得到我的屍體！」她決然地說。

「妳何必作此無謂的犧牲呢，我們全無對抗的能力。」他感動又無奈地說。

「我們畢竟相處了十八年，上天對我們不薄了。」她握着丈夫的手說，跟着問：

「他要多久才找到我們呢？」

「大概要一百日！如果我剜掉雙目，他至少也要二百天才能追蹤到我。」

「很好，我們還可以相處六個月。我們要好好地珍惜這段日子。」她深情地望着丈夫說：「你不要剜挖雙目那麼恐怖又痛苦，這不單毀了容，我也不能忍受看到你臉上兩個血洞。我們找一個弄瞎眼睛的方法，至少可以減輕你的痛楚。」

他同意地點點頭，然後說：「若蓮，過了五個月之後，我要妳遠離開我。」

「不，我們永遠不會分開！」她堅決地說。

三

那時王志明和張弓力大約是十二三歲，兩人是鄰居也是同學，自然成為好友。他們都家境清貧，連小學也未能完成，就要出來謀生。隔鄰二樓「朝陽刺繡畫店」剛好招收兩名學徒，他們別無選擇，可以一同投身此行業，既可糊口，又可以學一門手藝。

此刺繡畫店是家庭式營運，所謂店也是居所之二樓，此舊樓一分為二，由客廳至騎樓是零售，接洽及工場。店主是一對中年夫婦，精於刺繡，以各國古今中外之名畫為底本，繡成刺繡畫，成為雙重的藝術品，是家居不錯的擺設和裝飾，有一定的市場。夫婦有一個十多歲小女兒，也懂刺繡，可助一臂之力。定單多了，人手不足，於是招請兩名小學徒，培訓他們學藝，又可以做打雜、交收等工作。

他們也相當好學，希望能盡快學成技藝，美麗的繡畫不特有滿足感，因為是按件計酬，收入亦可大增。假日他們常到公園，除了呼吸新鮮空氣，可以在陽光下多加練習刺繡。少年人喜歡描畫，他們愛在布上畫各種花朵或蝴蝶，然後刺繡，當然這比刺繡名畫容易得多，但這是真正的創作，兩個少年樂也融融。

有一個中年男子似乎對他們的手藝頗感興趣，每次都駐足觀看，並且讚不絕口。張弓力也為之飄飄然，儼然已得店主何氏夫婦真傳，是的，他們已苦學兩年，還有一年就可以正式滿師了。王志明則坦白地說：「我們的功夫只是皮毛而已，如果你見到我們老闆和老闆娘之繡藝，你才大開眼界！」

「我認為你們已很了不起，因為不特要視力好，還要細心，手功靈活，少年人有誰能有此耐性呢？何況你們還會繪畫！以你們良好的視力，專注和耐性，何事不可為呢？」中年男子別有深意地說，他的話有一定的道理。

這名中年男子有時到公園的小食店買食物及飲品和他們分享，他們自然對他有好感。有一次他們見到一隻美麗的大鳳蝶，正想在繡布上描下來，但牠飛來飛去翩翩不定，這名中年男子說：「我可以令牠定下來。」當鳳蝶逗留在一朵花上的時候，這名男子對牠注目一下，牠果然不再移動，他們大感驚奇，也無暇不多問，忙將牠描畫在繡布上，然後細看，原來牠已死了！注視一下，就能了結一個生命，他們驚異地望着他。這時有一隻蜜蜂飛過來，他盯牠一眼，牠掉下來死了。

「這是什麼法力？」張弓力大感興趣地問。

「我的眼睛可以發出電波，不特能殺死小昆蟲，還可以殺死較大的動物如貓狗等動物。所以我行山時，對任何蛇蟲鼠蟻，野豬野狗都不怕，而且還有夜視能力，你們想不想學？」

「當然想學！」他們異口同聲地說，如此神奇的功夫，有誰不想得到呢，何況是好奇又好勝的少年。

「但我們沒有多少錢來交學費。」王志明坦白地說。如此奇功，學費自然昂貴。

「我此法只傳給有緣人，我與你們有緣，我樂於傳授給你們，完全不收費用。」

他們大喜過望。王志明感激地說：「你為什麼對我們那麼好呢！」

「我不是說過了嗎？我們有緣分。」中年男子狡猾地說，然後又說：「當然你們視力良好，這也是先決條件，若然有遠視近視或色盲等任何細少的毛病，就無法學習。還有一點，你們要緊記，必定是童子之身，若然近了女色，也無法學習，只要學成之後，才可以成家立室。」

他們互通姓名後，就成為師徒了。中年男子名叫林深，向他們傳授咒語，咒語也不太長，他們唸幾次就用心記住。

「這咒語是什麼意思？」王志明問。

「這是古印度梵語，我也不明其意義，是我的恩人傳授給我，他沒有向我解釋，我只是照唸而已。」

「我現在就可盯死昆蟲？」張弓力立即就要施法，遊目四顧找尋蝴蝶或蜜蜂。

「當然不是如此簡單。每逢月圓之夜，即是陰曆十五，到郊外空曠地方，最好是有小山丘之處，對月誠心唸咒語，張開雙臂，等待雷雨閃電，大雨和雷電愈大愈好。只要你唸着咒語，就不怕雷電，但千萬不要錯唸或忘唸咒語，有可能被雷電劈死。事實上這正是眼睛吸取雷電最好之時機，因為月圓之夜又有大雷電，是不容易遇上之良機。不過，其實即使是晴朗的夜空，往往也會有閃電，也可以吸電，只是不及大雨雷電交加那麼有效。所以此法雖然簡單，但必須有耐性才可學成，試想月夜之餘要有大雨雷電，機會少得很。何況又要保持童身，這要有很堅強的意志和信心才能成功。」

四

於是他們依法去練習，每個陰曆十五月圓之夜，到野外無人小山丘，對月唸咒語。往往對月到天明，也不見閃電，更不要說雷電交加。幸好是兩人有伴，在荒野中也不太孤寂。熬夜對少年人來說，可以說是最大的苦事，何況又要張臂望月和不斷唸咒語。

兩年已過去，全不見功效。而林深傳授他們此法之後，就再沒有出現，會不會是愚弄他們？王志明的信心動搖了，不想再浪費時間和精力。因他們三年滿師，刺繡功夫可以獨力完成簡單的作品，可以按件計酬。王志明開始為未來打算，他們都暗戀老闆的女兒何若蓮，她對他們若即若離，不知她心意屬誰。不過她曾應他的約會，和他暗中同看過一次電影，這給他很大的鼓舞，想到有一天和她共偕連理，他就無法練功了。即練成此絕技，又有什麼用呢？因為他根本不想胡亂殺生，比較實用者是有夜視能力，如今城市是不夜天，何需夜視？當然，主要還是否真的可以練成？

於是他決定放棄，但張弓力每次都拉他同去，說是當作是陪他好了，一個月一次而已。在友情難卻之下，唯有勉為其難。令他驚奇的是，他們的視力的確加強了許多，對刺繡大有幫助。長久注視眼睛也不覺勞累，甚至可以明察秋毫，在比較幽暗的環境，亦能清楚視物。張弓力高興地說：「林師父沒有欺騙我們！」

「三年才有此些微能力，何足稱道？」王志明淡然地說。

「至少是有成績，證明真的可行。許多幹刺繡或從事細微視力工作的人，他們的眼睛大都會損壞，我們反而加強，單是這一點，就值得我們堅持下去，我們幹這行業，視力是最為重要的！」

「你也說得是。」

「也許我們從未遇到月圓之夜大雷雨閃電，所以功力未有大進。」張弓力大有期待說。王志明不能不佩服他之傻勁和信心。

這一晚是中秋佳節，王志明本來要和家人共度晚餐來賀節，但被張弓力硬拉了上山，說是天文台當夜有雷雨，無法賞月，他認為這是千載難逢之機會。但見皓月當空，何來雷雨？天文台也有預測失準的時候。在這裡賞月，也的確是樂事，月十分之圓大又明亮，因為四周沒有光污染。三年來對圓月唸咒，能在中秋節對月，也只是第三次而已。

說也奇怪，本來萬里無雲，星月皎潔，連銀河也前所未有之清晰，突然之間烏雲四合，隨即閃電四起，雷聲隆隆，跟着就是傾盤大雨。他們張開雙臂，仰望雷電的天空，唸着咒語，全身濕透。但見閃電如千百條銀蛇在夜空中亂舞，雷霆萬鈞，有如天崩地裂，雷電都似是直擊他們的頭頂，他們就有如人體避雷針，將電導入體內而不受損傷，只是有輕微的溫暖感，而全身濕透雨水之下，此溫暖感實在是美妙之至。林深師父並沒有欺騙他們，唸着咒語就不怕雷電。

而正當他們享受此奇妙感覺時，兩道電光直射入他們的雙目，他們痛得大叫一聲而暈死過去。到他們醒過來時，已是雨止雷遏，天色晴朗，已近微明。他們爬起來，奇蹟地身體並無任何損傷。他們互相審視彼此的眼睛，也不見任何不妥，他們的確是被閃電直射入雙目，全身因此而劇痛得暈死過去，以為必死無疑，想不到安然無恙。

正當他們莫名其妙又大為慶幸時，張弓力突然有所領悟，衝口而出地說：「我們成功了！」這時一隻金大頭蒼蠅飛過來，張弓力狠狠地盯了牠一眼，牠即時掉下來就此不動。他興奮得到處找獵物，大雨後泥土潮濕，不少蚯蚓翻開泥土鑽出來，張弓力逐一盯視牠們，都立即死掉！

王志明見到一隻甲蟲，也試試盯牠一眼，果然也立即死亡。一隻大草蚊飛到他的手臂，正要吸血，他盯一下，草蚊就此了結。以後不會被蚊叮之苦了。

他們興奮得大叫大跳。此時朝陽升起，就見到蜻蜓到處飛舞，這也是雨後常見的現象，張弓力大開殺戒，只要在他視線之內，他都輕易地將牠們置之死地。剎那之間，已有數十隻蜻蜓陳屍地上，這些美麗的昆蟲就此失掉生命。而張弓力仍未肯收手。

「夠了！不要再濫殺無辜！」王志明厭惡地說。

「什麼濫殺無辜，這些只是昆蟲而已！我要練習注視的技巧，要做到快而準。」他說完又去找其他獵物，快活得近乎瘋狂，而他這樣殺下去，就真的變成瘋狂了。

王志明對有此奇異的技能，並不如何特別興奮，反而有些不安。殺死害蟲如蚊蠅等，固然是好事，但難保一時技癢或錯手而殺了蜜蜂及蝴蝶等美麗又有益之昆蟲，那又何必呢！

五

當他們獲得此技能之後不久，林深突然現身，那已是隔別三年多了。張弓力見到師父高興又急不及待地說：「師父，我們已能夠以視力殺小昆蟲了，何時才能夠殺野豬和野狗呢？」

「讓我看看。」林深說完，取出兩個小玻璃瓶，分別裝有一隻美麗的大蝴蝶，在瓶內不停地拍動翅膀，但又怎能飛得出來呢。他將其中一個玻璃瓶遞到張弓力的面前，張弓力輕微地瞄一眼，蝴蝶即時死亡。他將另一個玻璃瓶遞到王志明面前，王志明有些遲疑，他實在有些不忍殺此美麗的生物，最後還是勉強地盯一眼，牠也立即停止拍動雙翅。

「很好，你們已取得初級成功，這三年多證明你們的確很有毅力和信心，不枉我收你們為徒！」林深滿意地說。

張弓力得意地瞟了王志明一眼，王志明有點慚愧地低下頭。

「師父，你說這是初級，究竟還有多少級？」張弓力追問。

「只有兩級，初級殺小昆蟲，高級殺動物。要完成初級才能學高級。高級何止殺貓狗，猛獸如獅虎甚至犀牛大象都能夠！無論猛獸如何多毛皮厚和有堅甲，牠們都有兩個弱點，那就是眼睛，只要盯着牠們的眼睛，電波就能由眼睛的神經線而直入其腦而將之殺死。」

「好極了，我們要學，師父肯教我們嗎？」張弓力心急地問，王志明也怦然心動，能夠殺猛獸，那就是最好的防身之術了。

「我可以傳授給你們，但有一個條件。」

「任何條件我們都會答應！」張弓力不假思索地說。

「學成之後，你們要為我殺一個仇人。」

「殺人！」他們都害怕得驚起來。

「此人害死我父母，仇深似海，本來我要親手殺他，才能了我心頭之恨。可惜此法我還未學成，就因意外而破了童子之身，功虧一簣，未能完成此神功，唯有寄望你們。當然，你們不願意，我也不勉強。」

於是林深說出他慘痛的往事。他的父親是富人的司機，入息雖然不多，但一家三口生活也很愉快。主人每年有兩次津貼及安排他們全家人外遊度假，雖然只是東南亞地區的短暫四五天之旅遊，而且相同地點也去了好幾次，其父仍認為是不錯之「福利」。唯一的附帶工作，是為主人帶一個包裹禮物給當地的友人，也不必親自送交，會有朋友到他們下榻的酒店來收取。主人還特別體貼，每次給他們兩張二十元的美金鈔票，提醒他們過關時，夾在護照中，過關就順利得多。

多年來如此旅遊全家都很開心，其父感激主人之餘自然更忠心耿耿，甚至自動加班，主人有時宴會至深夜，也堅持守候駕車接送。有一次他們全家人如常去旅行，父母卻忘記將主人交給他們兩張二十元美元的鈔票夾在護照中，或是一時貪念收起鈔票據為己有，於是被搜出包裹禮物是毒品，證據確鑿被判死刑，他們百辭莫辯。由於他是無知小童，當地法庭開恩，免去死罪，將他遣返原居地。一個不足十一歲的小孩，無依無靠，從此流落街頭，成為乞兒。

張弓力聽了義憤填膺，大叫他的主人可惡。王志明則為之默然，其實稍為有思考能力的人，都知道這是個陷阱，難道他的父母如此單純無知？但無可否認這個主人的確陰險，為一己之利連自己的司機也利用，甚至不惜害死他們全家！

林深繼續說後來之奇遇。某個清明節他到墳場，以往父母是帶他來拜祭祖父母，但這次他是為充飢之食物而來。因為不少來掃墓的孝子賢孫，都會留下祭品，諸如叉燒燒肉雞鵝等飯盒，這是平時難乞到之美食，還有水果汽水等飲品，可以痛快地吃個飽。

他狼吞狂嘸飽餐之後，不知吃得太多，或是食物太肥膩或已變壞，肚子劇痛。下雨又令他全身濕透，冷得發抖，身體內外兩種苦楚令他蹲下來，而一蹲之下，出現肚瀉，來不及除褲一發不可收拾。大瀉之後肚痛似乎減輕，但下身及褲子全是腥臭之爛屎，在墳場哪有地方清洗呢，也沒有衣服可替換！太陽快下山，墳場冷清，他無助又淒涼，加上入夜後之恐懼，他急得大哭，如此孤苦伶仃，徬徨無助，不如死掉好了。是的，他的祖父母葬在這裡，他死了就可以和祖父母在一起，也不會是孤魂野鬼了，也好過如此孤單痛苦又無希望地過活。

他找到一株樹，用褲頭帶上吊，當他套上脖子時，窒息之痛苦令他自然地拼命掙扎，但很快就暈死過去，到他逐漸甦醒過來，有人正為他作心外壓，又不斷在他口中吹氣。見他終於活過來，高興地說：「好了，你真是死過翻生！」這個中年男子為了救人，不嫌他滿身惡臭糞便，為他做心外壓，又嘴對嘴吹氣，可說是世間少見之好人。

「先生，你何必救我，讓我死掉好了！」

「小小時年紀，為何尋死，和父母吵架？」這個男子奇怪又不無怪責地問。

他聽見提及父母，更是痛哭起來，嗚咽地說：「如果我有父母吵架就好了。」

「你是個孤兒？」

「我本來有父母，但被人害死。」於是他說出主人利用他父母運毒品之事。

「這個主人的確喪盡天良，你應該為雙親報仇才是，如果連你也死了，有誰為你們報仇呢！」

「我如何能報仇呢！」他絕望地說。

「只要你想報仇，又吃得苦，我會教你殺此惡人的方法。」

「先生是武林高手？」他的小童心性自然想起功夫這回事了。

「比功夫還厲害千百倍。」男子得意地說。

「我不怕苦，我要學！」他有了活下去的希望。

於是這個男子教他閃電眼的方法，分為兩級，兩種咒語，先學初級，亦是最基礎，痛苦亦最大。因為初次通電時，劇痛到會暈厥，其後痛楚逐漸減少，直到完全不感痛楚時，就大功告成。而除了吃苦之外，還要有無比之信心和毅力，歷時多久才成功無確實時間，總之是持之以恆。此法必須保密，同時必需是童子之身，只有學成之後，才可成家立室。

閃電眼還可以更上一層樓，那就是霹靂眼，但霹靂眼無咒語可學，必須吸取另一人之閃電眼才可成就。閃電眼能殺任何生物，霹靂眼更能摧毀山林及建築物，包括飛機大炮戰艦和坦克車等，但吸取另一個閃電眼，是非常危險之事，因為彼此勢均力敵，要決戰不是你死便是我亡，很可能是兩敗俱傷。兩個有閃電眼的人，在百步之內都會感覺到對方的存在，不想決戰，自然會互相避開，尊重彼此之存在。男子說明霹靂眼之事，是要他有所知曉和警惕，而非鼓勵他去更上層樓。

他問救命恩人之姓名，以期他日能圖報，男子不肯透露，反而語重心長地告戒他，傳授此法，最大的目的是令他有活下去的目標，是否報仇反而是其次。他指出世上最堅固的牢獄，正是仇恨本身，令人無法脫身，值得為一個十惡不赦的人而終身懷恨嗎？其實一個作惡多端的人，終日惶恐和煎熬，活着是對他最大的懲罰，殺了他反而是便宜了他呢！又說當他長大，有了閱歷之後，自然會思考領會得到。所以當煉成此法之後，而又大徹大悟，有能力而不去報仇，才是最終的解脫。當然，要報仇亦是天公地道。

他依法修煉，大約兩年之時間，已取得初步成就，能夠以閃電眼射殺昆蟲。於是進行第二階段，大約過了三年後就能以閃電眼殺野狗，小野豬等小動物。但其後多年，再無寸進，同時他發覺當雷電射到他的眼睛時，再無任何痛楚及不適的感覺。恩人曾說過當雷電射眼時不再有痛楚時，就大功告成，但連較大的動物如猴子，大野豬，牛羊等都不能射殺，怎能已是成功呢？

於是他細心追想究竟何處出錯，他終於記及有一次擠巴士，他剛好站在一名穿短褲性感女子身後，她那突起圓大的屁股正好頂住他的下體，人多擠逼，他無法避開。行車時巴士晃動，那屁股不斷地擠壓和磨擦他的下體。他是個血氣方剛的青年，下體不由自主地起了強烈的反應，那種充滿彈力和酥軟的感覺令他極度興奮，穿短褲性感的女子應該也感到他強烈的肉體反應吧，但她並無避開。也許巴士太擠逼而無法移避，就連回頭望一下表示不快的動作也沒有，他甚至覺得她是故意向他挺壓過來，難道她也享受此種奇妙的快感？

於是他像受到鼓勵般索性用力向前挺和磨擦，而性感女子更配合地向他壓過來，他幾乎忍不住伸手去摸她那雙雪白豐腴的大腿。巴士的搖晃和震動，令他享受到前所未有過之快感，真的是欲仙欲死。最後他在極度亢奮之下，就火山爆發那樣一洩而注，不特他的褲子濕了一大塊，連性感女子的短褲也沾濕了這些滑溜溜的液體，十分尷尬又狼狽。

即使並沒有真正的肉體交合，就這樣隔着衣服的發洩也算破了童子之身？而多年來再無寸進，雷電射眼也沒有痛楚，全無感應，已清楚地顯示他的閃電眼僅能殺死小動物而已，可謂功虧一簣！他繼續堅持多年，每次練功時並且對月發出毒誓：若能練成閃電眼殺了仇人，以後為了不誤傷一蟲一蟻而自毀雙目，甘願終身做一個盲人！但依然練不成。

他在絕望之餘，曾懷利刃伺機刺殺此仇人，也許此人自知作惡多端，仇家甚多，因此出入都有車隊護衛，一車在前，一車在後，他的車在其中間。隨行還有四名貼身保鏢，他們不特武功高強，腰間還隆起有物，那自然是手鎗了。防範嚴密，難以下手！他的恩人說過作惡多端的人活在惶恐中，活着就是最大的折磨，但此人並非如此。只見他在眾人前呼後擁之下，趾高氣揚，顧盼自豪，不可一世，何來惶恐之有？恩人將人性看得太良善太單純了，以為作惡之人會受自己良心責備！

「出入有此排場，這個人是誰？」張弓力好奇地問。

「他就是陳大有。」

張弓力和王志明都不禁叫起來，原來此人就是那以偏門起家的大地產商，雖說「改邪歸正」，但仍然不脫欺詐本色。他建造的樓宇建築面積和實用面積相差甚遠，甚至一半也沒有。所謂睡房連睡床也放不下，唯有拆掉房門才能安放，但睡床要伸出房外，如此睡房可說怪誕之至！

「此人為富不仁，他起家之前相信已坑害不少人，師父之父母只不過是芸芸眾多受害人之一而已。他發財之後仍然建屋欺詐小市民之血汗錢，的確是大奸大惡之人。師父，我願意為你報仇，你傳授第二級咒語給我們吧。」張弓力大義凜然地說。

「很好，你們有此俠義心腸，我沒有看錯人，你們真的是我的好門徒！」

不過王志明有些猶疑，於是張弓力說：「只要練成閃電眼，報仇之事由我一人承擔好了，我知道志明是個怕事又婦人之仁的人。」

「是的，我也不大想學。」王志明有些不安及歉疚地說。

「若然練成閃電眼，你們任何一個為師報仇都輕而易舉，但我決定傳授給你們兩人，因為你們是知心好朋友，秘密兩人可分享，而練習時又有同伴，不那麼寂寞，又可以互相激勵。還有一個更重要原因，萬一其中一人出錯，也有另一個補上。我就是一次意外而功虧一簣。」林深說出傳授給他們兩人之理由。

「這的確是很好的安排，我們兩人學習，報仇由我一人執行，只在我出錯時，才由志明補上。」張弓力說。

於是林深將第二級咒語傳授給他們。

五

自從那次雷電入眼有了基本功之後，加上第二級咒語，他們對閃電已有感應，雖然沒有首次那麼痛得暈厥，仍然很不好受，每次都全身有如火灼。張弓力甘之如飴，認為這是逐漸有進步之跡象，可以將閃電吸集起來。但王志明就受不了痛楚，有放棄之念頭。

最大的原因是他與老闆的千金何若蓮情感日增，老闆夫婦也有意納他為婿，如果何若蓮真的會下嫁給他，自然不能繼續練功。當然若然能練成此神功才成婚，那就最理想了，但一年多仍無甚進展，依師父所說，他也要三年才能殺小動物，要再進一步，又不知何時何日。

有一晚深夜，師父突然單獨來找他，問他進度如何，他說無甚進展，師父安慰他不必心急，然後神色凝重地對他說：「張弓力說要獨力為我報仇，他為人輕浮，不大可靠，你為人沉實慎重，所以我信任你，有一捷徑可加快你之練功進度。」

師父說完，取出一塊三棱鏡交給他，然後說：「當你練到可以殺小動物時，張弓力應該也到此水平，你就用此三棱鏡放在自己的雙目之前，然後對着張弓力的眼睛，向內轉動三棱鏡，唸着第二級咒語，就可以吸盡他的功力，化為己有，以後功力就會大躍進，很快可以殺大動物而大功告成！記着，你們要兩人都能殺小動物時，才能用此法！」

他拿着此三棱鏡真的是受寵若驚，不過還是小心地問：「張弓力的眼睛被吸法之後會有何結果？」

「他自然喪失了所有功力。」

「他還會有什麼後果？」

「你放心，他絕對死不了，極其量也不過是視力受損。」

「會否盲了呢？」

「或許有此可能吧。」

他為之默然，一個以刺繡畫為生的人，不要說盲了，單是目力損壞生計就完了。師父以為他不想為他報仇，於是又說：

「當然，如果你不願為我報仇，我也不勉強你，將來隨你的意願好了，我只希望我恩人傳授的神法能有人繼承，不會就此失傳。」師父說完就離去，不理會他是否同意。

他呆了好一會，這的確是很大的誘惑，得師父如此看重，授他此捷徑可得神功，就可以和何若蓮共諧連理。雖然師父並無要為他報仇，但受此大恩怎能不完成師父畢生的心願？何況此人也死有餘辜。不過最令他不安的是，此法會傷害張弓力的眼睛，他與張弓力情同手足，他萬萬不能為一己之利而損害好友！

當晚王志明就為此猶豫不決而失眠，到天明時才沉沉睡去，但隨即若有所悟地驚醒過來。師父不單對他傳授此法，必定也對張弓力如此說，他害怕得出了一身冷汗。原來師父為了能及早報仇而不擇手段，要他們自相殘殺，這亦是要傳授神功給他們兩人之深意。他不想傷害好友，更不想自己受到傷害，唯一自救之法就是放棄再學下去！

張弓力雖然多次懇求他繼續苦練，但他推說吃不了苦和成功機會渺茫，不便說出真相。張弓力在感到惋惜之餘，也無法強迫他，唯有堅持獨自苦練不輟。

六

何若蓮二十一歲生日那天，老闆夫婦為千金到酒樓設宴慶祝，人客只有一人，那就是王志明，他自然受寵若驚，因為老闆夫婦此舉可以說是將他視作一家人了。壽星女在高興中又含羞答答，果然老闆夫婦有重要事情對他說。

「若蓮今天生日就是二十一歲了，可以說是長大成人，我們夫婦兩人也老了。可以慶幸的是公司的生意逐漸上軌道，有一定的客路。若蓮和你的手藝已得到我們的真傳，都可以獨當一面，我兩老可以退休了，因為我們的目力已日漸退化，體力也大不如前，公司的業務繁多，要交給若蓮處理，希望你從旁加以協助，我們兩老只專注指導學徒及培訓新手。當然，我們也看到你對若蓮也很好，人品也不錯，所以才有此決定。」

他自然大喜過望，老闆夫婦雖然沒有主動提出婚事，但差不多是已將他視作女婿了，他高興得吶吶地說：「你們對我實在是太好了，我……我真不知如何感謝，但我恐怕擔當不起這個重任。」

「是的，志明，你的責任的確很重大，你不特要協助若蓮打理公司業務，還要照顧若蓮呢！公司和若蓮都是我們兩老畢生的心血，絕不能所託非人，你是否肯答應肩負此重任？」老闆娘說得更坦白了，並且要他作出明確的承諾。

這次他更高興得說不出話來，若蓮以手肘撞了他一下，他這才忙說：「我答應，我會好好地照顧若蓮！」

「志明，你肯答應我們兩老就安心了，我知道你是個誠實可靠的人！」何老闆老為之老懷大慰。

這一晚的生日宴會對他來說可以說是大局已定，翌日若蓮向他問了一個奇怪的問題。

「張弓力曾要我等他幾年。」

「大概幾年後他會向妳求婚，妳有沒有答應他？」他有些擔心地反問她。

她沒有直接回答，只是繼續問：「我問過他為什麼要我等他幾年呢？他沒有說明原因。你是他的好友，你也許會知道吧？」

他自然知道是何原因，但此秘密不好說出來，於是說：「他大概是要有經濟基礎才向妳求婚，我知道他也很愛妳，妳對他應該也有好感吧？」他說來也有些酸溜溜和不安之感，因為張弓力也的確頗為高大英俊。

「不錯，你們兩人對我都很好，你們各有優點，我也不知如何選擇和決定。」她坦白地說出來，他聽了很不是味道。她接着說下去：

「於是我詢問父母的意見，他們尊重我的抉擇，只要我喜歡誰他們都樂意接受，若是選擇了，就要從一而終，不得有異心。父親特別指出張弓力有冒險精神，並很有創作力，不甘心仿製名畫，要自己作畫來刺繡，又天馬行空，但客人未必滿意，他的作品不入俗眼。至於說到你的為人，他說你比較沉實穩重，守業不成問題，但開拓力就不足了。不過最重要的是你宅心仁厚，這才是為人最根本之道。於是我聽從父親的意見，選擇了你！」

他聽了感到安慰又有有點失落，但無論如何他是贏得她的芳心了。

七

張弓力得知何氏夫婦有此安排之後，大怒之下離開了朝陽刺繡公司，自立門戶，將作品交到其他刺繡店售賣，對公司而言也是個損失，因為他也得到何氏夫婦的真傳。在訣別之前，向王志明作出攤牌。

「原來你放棄學此神功，就是打算要和若蓮結婚和承受何氏公司的資產。志明，你是我的好友，你可以承受何氏公司的全部資產，但若蓮則是我的，我知道她愛的是我！不是你！她只是受家人的壓力而已。」

「她有說過要嫁給你嗎？」王志明反問他。

張弓力沉默了一下才說：「我要她等我幾年。」

「她有答應過你嗎？」

「沒有。」張弓力不得不承認，但又說：「她也沒有拒絕。」

「她沒有拒絕並不是表示同意。」

「沒有你從中作梗，她是會等待我！」張弓力滿有信心地說。

「你以為幾年之後就可以學成此法？」

張弓力又一次沉默。

「這也就是了，你怎能要求她無了期等下去呢？何況她沒有答應過你。」

張弓力考慮了一會說：「如果她不等我而嫁了給他人，我不怪她，但你不能娶她。王志明，你可以承受何氏夫婦的公司，但你萬萬不能連他們的女兒也得到，你不能財色兼收！」

王志明對「財色兼收」這字眼十分之刺耳，於是說：「我深愛若蓮，並非貪圖其父母的家財。你肯放棄學神功而向她求婚嗎？她若然答應，我甘願退出，也不會要何家之財產，並衷心祝你們百年好合，同偕白首。」

張弓力又為之無話可說，是的，他仍然以學成神功為人生第一目標，愛情也是其次。

於是王志明又說：「我不肯再練神功，還有一個更大的原因！」

「什麼原因？」

「師父有對你說過三棱鏡之事嗎？」

張弓力一聽「三棱鏡」此名詞，神色為之大變，失聲地說：「師父也對你說了？」

「是的，師父對我們根本不懷好意，我們切勿中其奸計。」

「我想不到師父如此陰險毒辣！」張弓力痛心地說。他沉吟了一會說道：

「師父對我們雖然立心不良，但我仍然感謝他教我此神功，給我一個做人的目標和願景，一個全新的視野。我自少就不甘心平凡地過一生，但家境貧窮，無法得到良好教育，如今這個社會，沒有高等學識，就永無出頭機會。我雖然學識刺繡，有一技之長，可以謀生，也能有所發揮，但不足以揚名立萬。但練成此神功即能令我成為一個傳奇人物，那我才不枉此生！我練成閃電眼之後，到天涯海角，找尋另一個閃電的人，為了吸取他的閃電眼成為霹靂眼，和他決一死戰，不是他死，就是我亡！」

王志明吃驚地說：「能練成閃電眼，已是非凡之成就，何必還要冒險。」

「既然有此高峰，我自然要攀登到絕頂。」

「很可能是兩敗俱傷。」

「兩敗俱傷有什麼大不了，這就是我本性：大丈夫生不能列鼎而食，就要被鼎烹而死，說白了我若不能留芳百世，也要遺臭萬年，我不會甘居人下而沒沒無聞地過一生。」

王志明憮然地說：「師父的恩人說過：仇恨是世上最堅固的牢獄，師父為了報仇而被無形的枷鎖囚禁了一生，甚至連性格也因此而扭曲了，你如此的性格和師父也不遑多讓！這是值得的嗎？」

「值得之至！王志明，你聽着，我是個恩怨分明的人，你不能奪我之所愛，否則我不會放過你。至於對我的師父，我若練成了閃電眼，我一定為他報仇，而他離間我和你之間的情誼，我也會有所回報！」

「怎樣回報？」王志明吃驚地問。

「以彼之道，還施彼身！」

八

王志明與何若蓮新婚後第二天，即投入工作，和外父母一同飲早茶。刺繡公司生意應接不暇，人手不足，主要助手張弓力離開公司已兩年，未能及時訓練新人，所以連度蜜月也免了。他們四人在貴賓室內飲早茶算是「補償」一下，一家人樂也融融。

貴賓室內的電視新聞報道，昨夜郊外有很多野狗野貓離奇死亡，甚至鄉村養的狗也死了不少。牠們的死因相同，眼睛被猛火灼盲，由視覺神經線燒傷直達腦神經而至死，所以軀體無任何損傷。電視機以近距離鏡頭顯示牠們的眼睛全都燒焦。王志明看到此新聞，心頭大震，手中的茶杯拿不穩而掉下來，茶水濺得四射。

「志明，你沒有事吧？」他的妻子關心地問。

「沒有事。」他定了定神說。

「幸好是今天才打瀉茶，若是昨天就大吉利是了。」外母笑着說。

「志明昨夜的婚宴太忙碌了，透支了不少體力，應該多些休息才是，何必跟我們這些老人飲早茶？難怪連拿茶杯也無力。」外父不無語帶相關。

「這些虐殺貓狗的人應該為數不少，但一夜之間怎能虐殺如此多的野狗野貓？單是要捉住牠們已不容易，更不要說用猛火逐一燒牠們的眼睛。」若蓮也留意到此宗令人髮指的新聞。

「這事真奇怪，這些人為何如此殘忍。」她的母親也心有同感。

「這應該是某種神秘宗教儀式，外國中古世紀時，不是曾經有過大舉捕殺黑貓之事嗎？連女巫也遭殃，這就是『獵巫行動』之起源。」她的父親加以推測。

這宗虐殺野狗野貓之事令王志明「心頭大震」，不足一個月後，另一宗不大為人注意之交通意外新聞，更令他寢食難安。該新聞說一個盲人被汽車撞死，報道說此盲人是最近才盲，所以不大習慣過馬路，而他的致盲原因很奇怪，他雙眼的眸子不見了，不知是何原故造成。

只有王志明心知肚明，此「盲人」就是林深，他失掉之眸子是被徒兒張弓力以「吸睛大法」吸掉，張弓力的功力因此而大進，亦即說他隨時可以練成「閃電眼」！傳說舜目重瞳，項羽也是重瞳，所以司馬遷懷疑項羽是舜之後人，此兩人可能就是具有閃電眼甚至是霹靂眼之人，難怪他們都是天下無敵，成為諸侯之霸主！

於是王志明將此事向妻子說出來，起先她不大相信，但當他以電眼殺小昆蟲示範之後，她就不得不相信了。

「我們能有對抗方法嗎？」

「沒有！」

「我們遠走他方。」

「他練成閃電眼，就能追蹤我之眼電波，即使我剜掉雙目，也只能拖延時日而已。」接着他又沉痛地說：「是了，說起遠走他方，為了妳的安全，與及妳仍能在這裡繼承父業，我們應該分開，只有我遠走他方而引開他！」新婚不及一個月，就提出分手，實在是極為沉痛之事。

「不！不論發生什麼事，我們永不分離！」她緊握他的手說。他也感動地而又不無安慰地說：「是的，他仍未練成閃電眼，我們可以相處一段日子，我們要好好地珍惜！」

於是由這一天起，她在刺繡之餘就苦練指彈刺繡針，她不能束手待斃。

日子就在甜蜜及惶恐中過去，年復一年，倒也相安無事，也沒有張弓力之動靜和消息。閃電眼畢竟不是容易練得成之事，月圓之夜要值大閃電大雷雨，是可遇不可求，也許他有了意外。十多年過去，他們早已淡忘此事。而日子有功，何若蓮之指彈刺繡針可以得心應手，左右手均可隨時發射命中目標，她之練習不再是應敵，只是作為興趣自娛而已。這也可以說除了刺繡之外另一門絕技。

但想不到十八年之後，突然石破天驚地出現十多對無辜的情侶被殘殺之事。

「張弓力由初學到練成，大概花了二十四年時間，他的毅力和韌力非常人所能及，更不要說每次通電時所受到之痛楚了。我憶及初次通電時痛極暈倒之情形，至令仍心有餘悸。他以此堅毅不拔之精神，何事不可為呢，何必走此歪徑！」王志明惋惜地說。

九

又是一個寧靜的午間，在遠離城市的鄉郊本已很靜逸，何況這是一間荒廢已久的村屋，左右也是廢屋，遠離其他村屋，連「雞犬相聞」之聲也沒有。屋後有一條潺潺的溪流，他們以之取水飲用。他們特別找到此離群隱居，這裡無水無電，為的是遠離城市空中的電波傳遞，降低張弓力閃電眼之追蹤。在寧靜中王志明聽到一隻孤獨鳥兒淒惻的叫喚，大概是葵冠鸚鵡，牠可能是走失了伴侶。

這令他有很大的感觸，俗語有云：「夫妻好比同林鳥，大難臨頭各自飛。」現在妻子不在身邊，她不是拋棄他，而是到附近的鄉郊市集買食物及日用品。每隔一兩天即如此長途頻撲跋涉，她為了他放棄了刺繡公司，放棄城市生活。妻子不忍他剜目之痛及嚴重破相，於是他根據古書用毒藥塗眼成為盲人，希望能逃避或至少可以拖延張弓力之追蹤，即使可能保命，已成為廢人，終身要妻子照顧，成為她的負累！想到這裡，他就痛不欲生，他摸索到「所謂廚房」，拿起切肉刀往喉嚨刺去，刀尖的刺痛令他驚醒過來，他的死可能令妻子也追隨他！於是他懸崖勒馬。而就在這時門口響起妻子的叫聲：

「志明，我回來了，我買了我們都喜歡吃的東西，你猜猜是什麼東西？」她興致勃勃地說。

他一連猜了十多種東西，但都不是，是的，他們共同喜歡吃的東西多的是，也很平常普通。最後還是她吟出杜牧這句詩來提點：「一騎紅塵妃子笑」，他即時接下一句：「無人知是荔枝來！」

他們大笑中立即就大快朵頤，吃到如此美味的糯米糍荔枝，他的心情也為之開朗來，是的，活着畢竟是好的，即使盲眼也是好的。吃着吃着，又比拼吃到哪一顆荔枝的核子最細小，他突然說：「若蓮，下次到市集買一支笛子給我。」她先是一怔，隨即很高興丈夫自毀失明後仍如此樂觀積極，說：「很好，我知道你是笛子高手，我早應該買來給你打發時間。」

「什麼高手，我唸小學時，選擇了笛子作為興趣班，原因是在眾多的樂器中，笛子最廉價也最容易學，對手不多，所以僥倖得過獎，而從此培養了興趣。其後輟學做刺繡學徒，學成後又忙於謀生，再無暇練習和吹奏，現在可以重拾當年之興趣了。」

「很好，明天我去市集買回來給你，如今你心無旁鶩，一定可以成為笛子高手！」

當荔枝剩下最後一顆，他們互相推讓時，妻子這才突然想起地說：「我們只顧吃荔枝，竟然忙記向你讀今天一宗大新聞！」

「什麼大新聞？」

她取出今天買回來的報紙，向他讀出來。一幢全城最高的摩天大廈落成，名為「藝廊廣場」，一、二及三樓全用作畫廊，幾萬呎樓面完全用作藝術品展出，是全亞洲最大之畫廊。四、五及六樓則用作高級時裝，手袋及香水名店，可以說是香港綜合商業大廈最有文化之地標。六樓以上則是食肆，二十樓以上是甲級寫字樓。廣場發展商是著名富豪陳大有興建，畫廊是他的兒子陳允文主持，他一向熱衷推廣藝術，高級時裝店則由其千金陳允藝經營。

昨天開幕剪綵可說是全城盛事，全球著名畫家，雕刻家，時裝界著名設計師都蒞臨，幾名高官也應邀出席，真的是冠蓋雲集。而就在他們剪綵剎那之間，幾名主要剪綵者都在慘叫聲中倒地身亡，死者就是陳大有，他的太太，及其兩名子女，一家四口即時慘死。死因皆是眼睛為烈火灼傷，由視覺神經直達腦神經受損而至死。兇手竟然在眾目睽睽之下殺人，不知如何出手，又不留痕跡，令人震驚，警方也無從追緝。

她為丈夫讀完這宗滅門慘案，兩人都為之默然又不安。

「張弓力履行他的諾言，為師父報仇。」若蓮黯然地說。

「陳大有死有餘辜，但何必殺他的妻子呢？他的兩名子女更是無辜！」王志明為之嘆息。

「此人凶殘得很，連無辜的情侶也大加殺戮，他選擇此日來下手，就是一舉而殺陳大有全家！除了為師父報仇，也是對師父贖罪。」她加以分析。是的，張弓力為了加快練成閃電眼，連師父的眼睛也吸掉，令師父死於車禍。

「他殺了陳大有全家，我就是他下一個目標。」

兩人又是一陣沉默，是恐懼之沉默。

這時她發覺丈夫的頷下喉嚨之處，有小小血液滲出。細看之下，原來是個尖刀之傷口，她吃驚地問：「志明，你為什麼刺傷自己？」

「我……」他正要解釋，而就在這時，有電單車高速地由遠駛至，到門口戛然停止。他們正奇怪有誰會到此偏僻的廢屋時，來人已粗暴地撞門而入，何若蓮見到一個高大黑衣人，面孔黧黑，滿臉風霜又有點猙獰，主要是由於目光凌厲，但輪廓還是有些熟悉，此人來意不善。兩人沉默地對視了一會，她就吃驚地脫口而叫出：「張弓力！」

王志明早感到有些不妙，聽到妻子叫出名字，全身更如墮冰窖，想不到對方如此快就能找上門，自己弄盲至今不足三個月！

「原來妳還認得我！」來人高興又感慨。

「你的確變了許多。」她惋惜地說。他本來相當英俊，如今判若兩人，他和王志明同年，但蒼老了許多。

「若蓮，妳美麗如昔！」他不無自慚形穢，隨即傲然地說：「我能練成閃電眼，這是值得的。」是的，二十多年來，除了熬夜風霜，還要飽受雷電暴雨的襲擊，加上心理愈來愈凶殘，所謂相由心生，容貌怎能不變！

「張弓力，恭喜你終於練成了神功，你如今是個奇人了。」

他低哼了一聲，森然地說：「多謝王志明，我追蹤他的眼電波我才能找到妳！」她擋在王志明的身前，防範地盯着他。

「王志明以為弄盲自己就能避開我的追蹤，其實眼電波依然存在，雖然是減弱了，真的枉費心機。即使挖掉雙目，仍有殘餘電波與腦電波相連，不過要我是要費些時日而已，這樣倒好，快些了結我們之間的恩怨。」他說完哈哈大笑。

「張弓力，你究竟想怎樣？」她吃驚地問。

「我早就對他說過：若然奪我所愛，我不會放過他！」

「王志明如今是個盲人，你放過他吧！我跟你走，任由你處置。」

「不！我言出必行……」他還未說完，即時有幾枚銀色閃光從若蓮手中激射而出，而也就在電光火石之間，銀光瞬即在張弓力之視線中着火焚毀，化為幾縷輕煙。

「好功夫！」對若蓮突然出手，他也頗為驚訝和讚賞，隨即說：「區區幾枚刺繡針就想毀我雙目？也太看低閃電眼了。這樣吧，我一動也不動地任由妳向我發射，只要我稍為閃避一下，或移動一下身體，那我是輸了，我就放你們一條生路！」

她嘆了口氣說：「我的黔驢之技，只此而已，張弓力，神功剛才我已領教過了，是我不自量力。我兩夫妻今日一同死在你手上也無話可說……咦！你的師父來了！」

她突然指向門口，張弓力吃驚地隨她的手指望過去。她立即雙手齊發，十多枚刺繡針連環激射而出……

張弓力果然沒有閃避，刺繡針全部都在他面前不及一尺就融化消失。原來閃電眼不特可殺人於無形，亦可籠罩全身，成為一個無形的保護網。

「現在妳知道閃電眼之厲害了吧！」他得意地說，跟着又痛心地說：「若蓮，妳為何變得如此狡詐陰險？這不是妳的性格！唔，這證明妳的確很愛王志明。我要殺他，但他畢竟是我唯一的好友，我不忍心他孤單上路，有妳陪他，也是一件好事。」

她知道無法對抗，強弱太懸殊了，於是擁抱着丈夫等待最終命運的來臨，能與丈夫同死也可以說是幸事，畢竟已是一同度過了十八年了，遠比預期為多。

「張弓力，你殺我之前，讓我說幾句話。」王志明平靜地說。

「你說吧，若然你有仇人，即使你憎恨或是你討厭的人，我都可以為你一一殺掉，多多益善。」對於殺人，他的確是易如反掌，而且又有一個難得的實習機會。

「我沒有仇人。」王志明依然平靜地說：「我明白失戀是很痛苦，二十多年來，你一直不能釋懷，這的確很不好受。如今你要殺我，若能解你心頭之怨恨，我也絕無怨言。我能和若蓮相處十八年，已是十分幸運。我知道你仍然是深愛若蓮，你何必因我而狠心殺她呢！若蓮雙親已亡故，我和她又沒有兒女，我死了之後，她就孤苦伶仃。你已練成神功，可以成家立室了，正好與若蓮重拾舊歡，與她生兒育女，接手刺繡公司的業務，以你的開創力，一定可以令刺繡公司大展鴻圖，生意更上一層樓。而從今以後，切勿再胡亂殺人了。」

「王志明，你知道我不是個甘於平凡的人，如今有此神力，我還會過一般人的日子：結婚生子，勤奮工作或事業有成，然後安享晚年嗎？」

「人生本來就是如此！」王志明無可奈何地說，跟着奇怪地問：「那你要過怎麼樣的人生？」

「問舍求田原無大志，掀天揭地方是奇才。」他輕蔑地說，然後又傲然地加上一句：「我要留名青史！」

「如何達到此目標呢？」

「我要挽救地球，制止核戰！」

「制止核戰？」王志明難以置信地問，而這問題實在太大了，非他所能了解。

「如今幾個大國共擁有數千枚核彈，由一小撮寡頭所控制。現在各地區戰爭不斷，已有獨裁者揚言會動用核武，一旦這些極權者面臨失勢的威脅，他就會不惜一切，核戰因而爆發，地球很可能就此毀滅。我要殺死這些控制核彈的寡頭，並摧毀所有核武！殺死他們，我之閃電眼綽綽有餘，但要摧毀核武，就非要有霹靂眼不可了。所以我要找到另一位有閃電眼的人，與他決戰，吸取他的能量，成就霹靂眼；而由閃電眼到霹靂眼，對我而言，只有一步之遙而已，所謂不成功就成仁！」張弓力說出他的宏圖大計。

王志明和何若蓮聽他如此說，也為之心動，此人雖然殘忍成性，其挽救蒼生的宏願卻是值得肯定的。

「世上還會有另一個閃電眼的人嗎？」王志明問。

「師父的恩人不是說過世上有這些人存在嗎？但不會多，也不會少，這些奇人只是豹隱深藏而已。小小彈丸之地也有我這個人，師父如果不是有意外，你又不是半途而廢，這裡就有三個閃電眼的人，師父的恩人，很可能也有閃電眼。我要走遍天涯海角，找尋另一位閃電眼的人來決戰，完成志願！」他說完就要有所行動。王志明忙說：

「張弓力，我很欣賞你有此志願，希望你能成功。你不妨帶同若蓮作伴，在異地也不會寂寞，至少起居飲食她可以照顧你！」

「嗯，王志明，你的確很愛若蓮，死到臨頭還想拯救她！」張弓力不無感動地說：「正如你所說，我的確仍然對若蓮有愛意，所以我才非殺她不可！何況她已背叛了我。我已殺了陳大有全家，對師父可以說是報了恩，再殺了你們兩人，就是了結我們三人之間的愛和恨，我才可以告別這個城市，心無牽掛地安心上路，找尋目標。對了，你的雙目雖然盲了，仍有電波，證明還有些微的能量存在，不可浪費，正好吸為己用，所謂海納百川，河海不擇細流，對我日後之大決戰，不無補助。」

他說完就對王志明的盲目施行吸睛大法，他有了閃電眼，不需要三棱鏡和唸咒語了，在呼吸之間，即能完成。王志明感到一雙眼球被吸，有如脫眶欲出，隨即見到有強光射入，十分之刺眼。他以毒物弄瞎雙目，兩個多月活在黑暗中，現在突然大放光明，很不習慣，自然地以雙手掩目，以為是張弓力之閃電眼射進來，自己必死無疑！

而就在這時，張弓力也驚叫起來：「為什麼……為什麼會這樣……我看不見東西！我看不見東西……」

「志明，你怎樣了？」若蓮吃驚地要細看丈夫的盲目，但他用雙手掩住，避免強光照射，她不敢移開他的雙手，只是焦急地盯着他，不知如何是好。

張弓力則大叫大嚷，有如盲頭烏蠅那樣，在屋內撞來撞去，雙手不停地揉搓着兩眼，似乎要抹去眼中的異物……

王志明雖然雙手護目，但光線還是從指間漏進來，這時他也比較適應了一些，除了強光刺目，不見任何痛楚。他鎮靜地對妻子說：「快給我毛巾！包着我雙眼！」

她連忙找來毛巾，依他的說話包裹着丈夫的眼睛。

「現在你覺得怎樣？」她憂心忡忡地問。

「我沒有事……至少現時沒有任何不妥。」

「我盲了！原來我盲了！」張弓力絕望地說，跌坐在地上。她並不理會他，只關心丈夫，她細看丈夫的臉，為了密實地用毛巾包裹他的雙眼，連頭上半部也包住了，但也看到他並沒無任何損傷。

「王志明，你雙眼塗了什麼東西？是否師父傳授了你反制我閃電眼的方法？」張弓力問。

「師父並沒有傳授我什麼反制方法。」王志明茫然地說。

「那你用什麼東西弄瞎眼睛？」

「我用丹砂，硫磺，水銀，及黑雲母粉末，混合成膏狀塗眼，這些都是劇毒之物，任何一種都足以致盲。我集合起來，務求徹底弄瞎不可，希望能避開你的追蹤，但結果還是徒勞。」他坦白地說。

「是師父教你對付我？」

「我依從古代醫書而照做的。」

「我不相信！」

「信不信由你。」

「師父……林深，你偏心，你偏心，我恨你！我恨透了你……」張弓力大聲吼叫，跌跌撞撞地摸索走出屋外，在曠野中不斷地大叫大嚷。

他們逃過大難之餘，聽到張弓力絕望的淒厲的嗥叫，也為之惻然。

「志明，你的眼睛怎樣了？」她仍然很憂心。

「我沒有任何不妥或不適，即使隔着毛巾，我依然可以見到光亮……」

「你可以看見東西？」她難以置信地問。

「我也不確定，暫時不要移開毛巾，讓我多習慣一會。」

黃昏時百鳥歸巢，開始了大合奏。郊野黑夜到來得很快，因為完全沒有燈光。王志明除下毛巾，他本來有夜視能力，現在沒有了，功力已被張弓力吸掉，連同致盲的劇毒也一併吸走。他點燃一根臘燭，竟然能夠看見東西了，他見到一隻蚊飛到手背上吸血，他下意識地用電眼去殺牠，但不成功。他連這項功力也沒有了，他恢復了視力，恢復了「正常」之視力。

他們在燭光之下互相對視，恍如隔世，他不單保全了性命，還意外地恢復了視覺。唯一受傷之處就是喉嚨的小傷口，是他自己造成的，她已用消毒膠布將之貼上。於是他說出為了不想負累她，與及令她避過追蹤而打算自殺，在最後關頭而懸崖勒馬，可說是幸運之至。而更幸運的是，張弓力若非貪圖王志明些微的功力能量，對他先施行吸睛之法，若即時以閃電眼殺他的話，那他早就命喪黃泉，而她也無法倖免了。

明天，他們就回到城市恢復正常的生活，今晚是廢屋最後一夜了。他們特地將床移到殘破屋瓦之下，為的是可以看到夜空，這裡完全沒有光污染，可以看到燦爛的銀河。正是：「天階夜色涼如水，臥看牽牛織女星。」

他們並排躺着，仰望美麗的星空，感到無比之幸福，是的，牛郎織女每年只能相會一次。又如唐明皇對楊貴妃說的誓約：「七月七日長生殿，夜半無人私語時。在天願作比翼鳥，在地願為連理枝。」但後來連自己的妻子也不能保有，貴為天子又如何！

他們看到許多的星光，有些往往是以十億光年來計算的，光速每分鐘三萬六千里，也就是說他們現時所見到之星光，它們在十億多光年之前很可能已毀滅了。銀河系以外，還有如恆河沙數之銀河系，宇宙之浩瀚非人類之知識所能想像。

天文學家說宇宙之星宿，比地球全部沙灘之砂粒還要多，可見地球在宇宙中，比微塵還不如，人類更是微不足道。曾雄霸地球數億年之恐龍，如今安在？人類由懂得使用石頭等簡單工具，到電腦時代，不過十萬年！以現在之消耗速度，污染以及隨時發生的核戰，今後人類能否再存活二三百年，委實不敢樂觀。十萬年在以光年計之宇宙時空中，不過是剎那間吧了。「剎那」是印度梵語最短之時間單位，一彈指有六十剎那！

最長的時間單位是「劫波」，又簡稱為「劫」，地球由成、住、壞，至滅為一劫，現在地球正處於壞之階段，還未到滅。地球在四十五億年前形成，到現在還未完成一劫！佛經所說之「小千世界」即太陽系，此「小千世界」已經歷無數劫，至於「中千世界」即銀河系，「大千世界」與及「三千大千世界」即銀河系以外無數之銀河系，更是經歷千萬億次之劫。地球所佔的時空實在是微不足道！

地球所有生物中，只有人類有是非觀念，知道去找尋生命之意義，但人類竟然會互相仇殺，甚至同歸於盡，如此「靈性」也未免很諷刺了吧！

失憶老人——石峽尾舊區的故事之三

一

週日，林永安和妻子如常地買了外賣去老人院探望老父。途中妻子說：「我們已許久沒有和你父去茶樓飲茶了。」

「是的，許久了。」林永安有些內疚地說：「我也很想帶他去茶樓，但他往往不受控制，不容易看顧。」

其父雖然腦退化，但卻甚為活躍好動，若然外出，就有如小孩那樣高興得四處走動，有如頑童，根本無法受控。如果走失，他就不會認路回來，後果會很嚴重。事實上即使是在老人院，也曾走失過一次，幸而及時在附近找回。腦退化令他失去記憶，只能記起童年時若干片段。所以他有時說要回家，問他家在哪裡，說是在福榮街某號，倒也記得很清楚，只不過這是小時候的居處，此唐樓早已拆掉。其次又常常說要去廁所，到了廁所，又並無此需要。若不帶他去，有時真的會失禁，令人啼笑皆非。若是外出，那就更為狼狽了。

「我們可以帶他去飲茶，有什麼辦法可避免他走失？」他反問她。

「我也想不到，因為再過幾天就是你父生日，所以才想帶他去飲茶，慶祝一下，也讓他活動活動。」

「我知道星期四是他生日，也曾想過帶他出外慶祝。但為了安全起見，還是作罷。何況老人院有集體慶祝院友生日之派對，只要是同月出生的院友，都會一同慶祝。所以幾乎每個月都有這種生日會。」

他們來到老人院，到處張燈結彩，熱鬧非常。原來本月有五位院友生日，選在今日一同慶祝，所以特別熱鬧。電視錄影機播放出生日歌曲，大堂擠滿院友及到訪的親人，同月生日的主角都坐在一起，大桌上放了一個特大的生日蛋糕。獨不見林永安的老父，院社的員工仍然忙於打點工作及細節，忙得不可交，鬧哄哄的，亂成一團。

他們還以為老父在房中，未引帶出來。於是直接到他的住房去，本來四人共住的房間空空如也，看來所有的院友都聚集在大堂中，只有身體嚴重衰弱的老人才留在床上。他們感到有些不妙，忙到管理處查詢。

「什麼？林老先生不在大堂中？剛才我們還看見他和其他四個壽星公坐在一起！」員工也吃驚地說。

結果找遍整個老人院，也不見林老先生的影蹤。他一定是在混亂中走出老人院！

二

在鬧市中這個小小的休憩地，是老年人聚集之處。有的打太極，閒談，閱讀免費報紙，下棋，甚至聚賭。更多的是逃避劏房的侷促，在此呆坐看看流動的風景來打發時間。小紅也在這裡「兜搭」人客。她叫小紅，但年紀一點也不小，已年逾六十，衣着鮮艷性感，這給人可笑又「恐怖」的形象。不過，不要緊，這是讓人識別的「招牌」，只要有人向她注目，她就上前搭訕，然後同去時鐘公寓或到她住的劏房成其好事。

小紅以前是舞女，然後是做一樓一鳳，最後是住劏房在街上兜客，六十多歲依然掙扎求存，而年老色衰，全身上下都是假的，光顧者只有老人。他們大都是貧窮老人，有的更依靠綜援，經濟能力有限。其實他們也是有心無力，大多是滿足一下手指之快感而已。這繁榮都市之一角，正是最殘酷的「桑榆晚景」之寫照。

小紅走到最多人圍觀的象棋對弈之處，無人理會她。於是她又走到「十五湖」聚賭之處旁觀，這裡更不受歡迎，認為她有邪氣甚至衰氣。於是她坐到長椅上其中一格。長椅有兩隔扶手，似乎是公平地分成三個坐位，其實真正的用意是不讓露宿者躺下，這城市所做的一切，都是為地產商着想。

她點燃一根香煙，然後打量四周，看看有沒有獵物。原來獵物就近在眼前，一名老人正坐在長椅的另一端。

「阿伯，吃了早餐沒有？」她打開話題。老人茫然地望着她。

「早餐，吃了吧？」她張開口做個進食手勢。老人搖搖頭。

「那就好極了，我也未吃早餐，我們一齊去吃吧，然後一同做早操。」她滿有暗示地說。老人點點頭。她立即起來親熱地拉着他的手，到附近的茶餐廳，每人一份頗為豐富的早餐。

進食過之後，她隨口問老人：「吃飽了吧？」老人搖搖頭。她大為驚異，於是為他再多要一份早餐，老人又從容地吃完，她佩服地說：「你的胃口真好！吃得是福，很好。這次飽到上心口了吧？」老人又搖搖頭。她倒抽一口涼氣，原來這個老人不知飽餓，患了嚴重的老人痴症。他根本沒有說過話，只是搖頭或點頭而已，他是否明白她的說話也大有疑問。

「你的手機呢？」她想找尋和老人有聯繫的線索了，老人又茫然地搖搖頭。她翻看他的衣袋，手機固然沒有，錢沒有，連任何身份證明的文件也沒有。

「你的子女呢？你的親人呢？」她心急地追問，老人只是搖頭或點頭。現在她發愁了，尋思脫身之計。最簡單的方法是自己離去，交給茶餐廳去收拾。但茶餐廳可能把老人逐出門外就算了，省得招惹麻煩，妨礙生意。老人就流落街頭，不知所終。當然最穩當的辦法是將老人交給警方，但自己已是犯案累累，單是「誘人作不道德行為」已不知被控告多少次，難道現在又自動投案？

「阿伯，你住在哪裡？」她溫柔地問，一邊輕摸着他的手，她開始有同情心了。老人茫然地望着她，他的眼神也始乎很無助和難過，只是無法以言語來表達。老人是自己走失？也可能是為家人拋棄，這種慘事她見得多。她的哥哥和姊姊不是拋棄貧病的老母，由她一人照顧？她想及自己坎坷的身世，如今又面對這個可憐的老人，真的是「同是天涯淪落人，相逢何必曾相識。」她不禁流下淚來，老人似乎被她的眼淚感動了，嘴唇扯動了一下。

「你住在哪裡呢？」她再一次耐心地問。

「福榮街。」老人首次開腔。她驚喜不已，忙追問：「福榮街幾多號？」

「福榮街六十九號三樓。」老人的記憶似乎逐漸恢復了。

她為之狂喜不已，應該說是雙重的驚喜，他終於能詳細地說出地址，更大的意外是十多年來她要找尋的一個人就居住在該處。但該處相連的幾幢舊樓廿多年前已改建成商場大廈，原居民也早已星散，無法打聽和追查了。

「你和子女居住在該處嗎？」她很自然地問。

「我和爸爸媽媽同住。」

「你和父母同住？」她為之一愕，那麼他的父母豈不是過百歲！她隨即醒悟，老人不過是只記得小時候的事罷了，這也是腦退化者的特點，只記得一些久遠的事情。

「你記得你的鄰居嗎？」

「鄰居？」老人有些不大明白。

「唔，你和爸爸媽媽住在三樓，二樓居住的是什麼人？」她緊張地問。

「哦，是娟姐姐！」老人高興地說，顯然他很喜歡這位娟姐姐。

她的心幾乎從口中跳出來，十多年來她要找尋的人名字中正是有一個娟字！

「娟姐姐姓什麼？她的全名叫什麼？」

老人努力去追憶，但記不起。其實這已很足夠了：「福榮街，六十九號，二樓，有個女子名叫娟。」還會有相同的人嗎？

這時老人若有所得地說：「我爸爸媽媽叫她做伍姑娘，要我叫她做娟姐姐。」

她興奮得幾乎跳起來，說道：「娟姐姐的全名叫伍秀娟，是不是？」

「是的。」老人豁然地說，記憶又進一步連接起來了。

「噢！感謝上天，媽！我終於找到妳了！」她感恩地說。真的是「踏破鐵鞋無覓處，得來全不費功夫。」她忍不住摟抱住老人，感激地說：「你是上天給我的天使！」

「娟姐姐也說我是個天使。」老人得意地說。

「娟姐姐是一個怎樣的人？」

「娟姐姐對我很好，常請我飲綠寶汽水，又買龍鬚糖及噹噹糖給我吃。」

要老人詳細地講出娟姐姐的為人，是不可能的。

「娟姐姐是做什麼工作的呢？」

「爸爸媽媽說娟姐姐做很低下的工作，受人白眼。但爸爸媽媽說娟姐姐是個孝順女，用心照顧患病臥床的母親，她是個好人，不應該受人白眼。」

「娟姐姐做什麼低下的工作？」她奇怪地問。

「媽媽說娟姐姐的工作是企街。」

她大為震驚，想不到自己的生母也是操迎送生涯！難怪受到白眼，尤其是在那個年代。不過要問清楚，這要逐漸勾起老人更多的回憶。

「我現在就帶你回家。」

「好呀。」老人高興地說。

三

小紅將老人帶回自己居住的舊唐樓劏房。這些舊唐樓和老人小時候居住的唐樓大都相似，應該可以有助其回憶。

「你說娟姐姐有個患病的母親，生的是什麼病？」

「伯母要整天躺在床上，不能下床。」

「嗯，她的母親應該是中風了吧？」

「是的，我媽媽也是說伯母中風。每次媽媽煲了豬骨粥或花生雞腳湯，最多煲的是牛骨蕃茄薯仔湯，都要我端一大湯碗落樓下，給娟姐姐及伯母飲用，說是對伯母的病有好處。」老人小時候的記憶逐漸增多了，也逐漸清晰起來了，這是個好現象。但這是幾十年前之事，中間是個巨大的斷層，如何將久遠的過去和現在此鴻溝連接起來呢？

「娟姐姐的爸爸呢？」

「我沒有見過娟姐姐的爸爸，聽說她的爸爸很早就死了。」

「那麼娟姐姐有沒有其他的親人？她的丈夫呢？」

「娟姐姐沒有丈夫，也沒有其他親人。」

小紅大為奇怪，她沒有丈夫又怎會有她這一個女兒呢？

「你還記得娟姐姐一些什麼事情呢？」

「呀，我記起了，娟姐姐曾和我一起沖涼，說是什麼……戲水……」

「鴛鴦戲水？」

「正是鴛鴦戲水！真的十分之好玩！」老人眼睛發出奇異的光芒，興奮不已。

小紅頗為疑惑，她怎會和他做此成人之事呢？

「娟姐姐說要我做運財童子，會為她帶來財運，所以要我為她作一次犧牲。此犧牲實在太好了，太好玩了，我很想為娟姐姐作多次的犧牲，但她說只能做一次，財運才會有效。」老人至今猶有餘味地說。

小紅明白了，在她們的同行中流傳這一個說法：若然接到未經人道的嫖客，是個處男，那就會走運，從此客如輪轉，貴客常臨，但這是可遇不可求之事。若然接到這個稀客，事後妓女都給他一封利是。那時一般人都生活困難，她新入行，找客不易，更不會耍手段來討好來留住人客，為了生存和醫治母病，唯有要他做「運財童子」了。

她見到老人如此興奮，記憶似乎甚為活躍，達到了臨界狀態，她心念一動，說道：「我們也來玩鴛鴦戲水，好不好？」

「好極了！」老人為之雀躍不已。

這個夾窄的劏房當然沒有浴缸，但不要緊，有花灑就成了。她有豐富的經驗、技巧，加上加倍的細心，老人劇烈的反應令她也感到意外，而最令她高興的是，老人由被動而逐漸變成主動。對這種事她一向是例行工作而已，想不到此次竟然動了真情。

兩人激情過後，老人的神情起了細緻的變化，他的眼睛首次射出理性甚至智慧的閃光。這一次的刺激，是過去的快感和現在的快感交疊接軌，令他的血脈經絡重又貫通了，過去和現在的記憶終於連接起來，豁然而通。他凝視着她，說道：「妳不是娟姐姐，但妳的確有點像她！」

「我當然似她，因為我是她的女兒！」她高興地說，既高興自己容貌似生母，又高興自己的方法湊效，令老人奇蹟地恢復記憶，自己可以脫身了，省卻不少麻煩。

這個老女人竟然是娟姐姐的女兒，老人也大感意外。他望向掛在衣櫃有個大「福」字的日曆，別有意思地說：「我十四歲生日那一天，娟姐姐說我大個仔了，要我做她的運財童子，她給我很大的快樂。此強烈的記憶日後原來有重大的作用。今天是十月十七日，星期日，再過四天就是我踏入七十九歲生日，自我喪妻後，我已失憶多年，想不到就我生日前幾天，今天，那就是六十五年之後，又由妳——娟姐姐的女兒令我復活過來，我十分之感激妳們兩母女，我要重重厚謝妳，可惜如今我身無分文。不過，我一定會償還的。」

「區區肉金，不提也罷。何況我是自願的。現在請你詳細地向我說我生母之事。」

四

伍秀娟自幼喪父，與母相依為命，兩母女皆做車衣女工，收入不多，生活艱苦，但總算可維持。大概在她二十歲那年，其母半夜如廁暈倒，到她發現時，已全身不能動彈。從此要臥床，她要全日照顧其起居飲食，她不能全日上班工作，生活和醫藥費均成問題。

有人介紹她向一個叫黃太，名莎莉的女人求助。這個女人經營妓院，是個鴇母，由她搭線，將初夜權賣給一個富客，似乎是為她着想，不必即時賣身，其實是盡量利用她，又不用付出分文。這筆錢勉強可以生活一段日子。但想不到就此而有孕，於是她又向莎莉求助。莎莉認為墮胎既要錢，又有一定的危險，若然出了事，病母有誰來照顧呢？最主要的是鴇母將這個胎兒視作另一株搖錢樹，經手富客可能要回骨肉，事實上富客也的確有此意思，每月給她若干生活費。

到瓜熟蒂落，誕下個女嬰，富客就拒絕不要了。她無力撫養，鴇母在無可奈何之下，唯有收養女嬰。為了生活及照顧母親，她甘墮風塵，有此新貨新血，鴇母自然力邀加入旗下，但為了方便照應母親，她就在近企街，可以接客帶回家，就能時刻照料母親。以此來謀生，街坊鄰里都歧視她，只有他們姓林這家人才同情她的遭遇，甚至敬重她，樓上樓下遇見時會交談，關心她的狀況，有湯水食物時，由他送下樓給母女。其後他們獲配廉租屋，搬走之後就沒有來往了。

五

黃小紅小時候的家境雖然說不上富裕，但衣食無憂，甚至比小康之家還優越，但家庭說不上和諧融洽，這可能是與其母所經營的生意有關。她的母親是個鴇母，經營妓院，收入不錯，家庭環境勝過不少人，但全家都受人鄙視。她年紀最少，有一個哥哥和一個姊姊，他們都比她大十多歲，作為最少的女兒，理應受到父母的寵愛，但她感受不到，甚至全無家庭溫暖。年紀較她大的兄姊，固然不會和她玩耍交談，甚至是對這個小妹妹有莫名的厭惡和鄙視。

她的父親對她也是視若無睹，漠不關心，這大概是由於他在家中全無地位，大權和財政全在其母之手，有時所謂到妓院幫手，其實是妓女和嫖客之跑腿而已，為她們買外賣，避孕套，潤滑劑，清潔用品等瑣事，令他飽受屈辱，所以更多時他終日飲悶酒和賭錢，他每次在妓院及家中吵架，都是因金錢而起。在她十歲那年，其父和母一次大爭吵之下，其母爆出其第二女並非他的骨肉，他在驚愕和受此奇恥大辱，離家而去，從此音訊全無。其母也不以為意，走了倒好，甚至樂得清靜。

她對其父是頗為同情的，由此而對自己的身世有懷疑，很可自己也不是其父之骨肉，甚至其母也不是生母，否則怎會對她如此冷漠，把寵愛全都傾注到其兄姊身上？不過也可能出於偏心，其母不是常常罵她腳頭不好？是的，黃色事業開始走下坡，外來的女子紛紛到此掘金，競爭激烈，當然是外來的更為吃香；而形勢更是大變，當局大力打擊這種地下妓院，其母的妓院就不能生存了。

最諷刺的是，她最疼愛的大哥和大姊，將其母的錢財榨乾榨盡之後，就丟下不顧，決絕得近乎斷關係。其母常常對她慨嘆：「親生仔，不如近身錢！」其實這對兄妹自懂事起，即對有此母而感到羞恥，無論如何豐衣足食，錢財任由揮霍，他們都並不感恩。因為他們在同學、朋友、街坊面前抬不起頭。到其母金錢和「江湖地位」都沒有，且成為負累時，他們自然切割唯恐不及，不再承認這個母親了。

其母受此雙重打擊，病倒了，許多慢性疾病都出現了，其實是她大半生煙酒交際應酬，狂飲暴食，到老年自然有此結果。生活和醫療費都成問題，重擔落在小紅身上，這也是此可憐老女人唯一的依靠了。她中學也未唸完，人浮於事，她能找到什麼可以養家和醫母病的工作呢？能找到應急錢，只有出來伴舞一途，她問其母的意見，想不到其母立即贊成，並稱讚她是個孝順女，不似大哥和大姊之忘恩負義，忤逆不孝。這是她首次聽到母親對她的讚賞，此給她很大的安慰。

母親常常罵她腳頭不好，久而久之，令她有內疚感和罰惡感，彷彿整個家庭的不幸都是由她而起。事實上，丈夫離家出走，事業走下坡，甚至關門大吉，大子和大女騙盡錢財之後，就不認她作母，這都是她腳頭不好的最好證明嗎？即使她自少不被關愛，至少是衣食無憂。現在是報母恩的時候了，這個老女人的確很可憐。

她就這樣自我犧牲來供養母親，其母也認為是理所當然。而伴舞與作妓僅一步之遙，差別是舞女可以揀客，妓女只有被客揀。下了海就不容易上岸了。當舞廳也沒落時，她也年老色衰，其母患了子宮癌，她唯有做一樓一鳳來醫治病母。她的腳頭真的如此不好？因為不足一年她的母親還是不敵癌魔，臨終前終於向她透露她的生母叫伍秀娟，住在深水埗福榮街六十九號二樓。來不及問生父的姓名及其他詳細情形，就斷了氣。

她按地址去找尋，該處幾幢舊唐樓已改建成商場，原居民早已星散，無從打探查詢。其後十多年來，她不時路過此商場，總是駐足徘徊，留意年老的女人，其中會否就是她的生母呢？有時甚至會忍不住脫口而出問道：「請問婆婆是不是伍秀娟？」這些老人家不是搖頭，就是戒心地望着她，以為她有不軌之企圖。

她找尋生母，也是要找尋一直欠缺的家庭溫暖。隨着時間的流逝，希望就愈來愈渺茫，她的生命亦已進入冬季，感到愈來愈寒冷，她連一樓一鳳也支持不下去，住到劏房，只能在街上兜接老人，努力求存。想不到遇到這個失憶老人，得知自己的生母為人，這反而是她最大的幻滅和失望，因為這發現並沒有為她帶來絲毫溫暖，反而加深她在人間世的寒冷感。原來生母的遭遇和她完全相同，甚至比她更不幸！

「我十五六歲時，父母申請到廉租屋，就搬走了，沒有再見到娟姐姐。」老人說。他見到小紅低頭不語，於是又說：「娟姐姐——妳生母可能仍然在世，她現時大約八十六歲左右，我試試能否找到老街坊，看看有沒有她的消息。」其實老人也沒有把握，畢竟事隔太久了。

小紅淒然地搖搖頭，說：「若然現在見到我的生母，我會很高興與她相認，親切地叫聲媽媽，但要全無頭緒茫茫人海中找尋，那就算了吧。何況她操此皮肉生涯，又要照顧長年臥床的母親，她能支持活到八十多九十歲嗎？即使能活到，如此耗盡心力，恐怕已經患上老人痴呆症，能夠母女相認嗎？若是如此，這只會加深我的痛苦，我如何面對呢？到時我肯定承受不了！」這的確是很現實的事。

六

林老先生自行返回老人院，院方驚喜又驚奇，喜的是他自己會回來，院方免受疏於照顧和管理不善的責任，奇的是老人竟然重拾記憶，不藥而癒。但依然怪責他擅自外出，而不事先得到院方的同意，老人說：「如果我說要外出走走，你們會同意嗎？會准許我單獨外出嗎？」院方無言以應。不過老人又說：「以後我外出，當會事先知打個招呼。」是的，行動自如的院友，是可以自由出入的。

於是院方連忙打手機通知四散外出總動員尋人的同事及其家人，全院上下都鬆了口氣。林老先生的家人當然是最為高興，其媳婦更說：「老爺，既然你已經恢復記憶，那就離開院舍，回家與我們同住吧！」妻子這樣說，作為兒子自然更加希望父親回家團聚了。老人笑着搖搖頭，說：「不，我樂於在這裡生活，一日三餐都有人照應，又有專人護理，何況又有許多院友，同聲同氣，全無代溝，樂也融融，你們都要上班，回家我反而是感到孤單呢！」老人的話很通情達理。

「嗲哋，你老人家什麼時候要回家，你隨時可以出院，我們都會立即來接你。」林永安說。

老人笑着搖頭，表示不會離開院舍。

「老爺，每個週末我們接你回家，星期日我們去茶樓飲茶，到了晚上才送你回院舍，你認為好嗎？」媳婦又提議。

「唔，這個安排倒很好。」老人終於接納這個建議。於是皆大歡喜。

「嗲哋，你是怎樣恢復記憶的呢？」

老人想了一會，說：「今早陳姑娘說院方要為我慶祝我七十九歲生日，她帶我出大堂，熱鬧得很。我突然記起一個老朋友，許久沒有見面，於是我外出找他，一同去飲茶敘舊。在暢談往事時，一邊吃着點心，我的記憶就逐漸完全恢復過來了。到結帳時，才發覺身無分文，要老友付款，很不好意思。」

作為兒子的聽了父親這樣說，立即掏出銀包，抽出一疊鈔票交給父親，說：「是的，從現在起嗲哋可以交際應酬了，這些錢給你傍身。以後要多些外出找朋友飲茶，最好常常找齊四個老友打幾圈衛生麻將。」

折騰了大半日，院方安排五名老人的生日會終於能正式開始了，雖然是延遲了許久，總算是個大團圓。在生日歌聲中，林老先生考慮應否將自己的個案公諸於世，雖然有些不道德，但不失為值得一試的方法。

二樓舊書店——石峽尾舊區的故事之四

闊別五十多年，林柏年退休後重遊自己出生和成長的舊地，不勝感慨人事滄桑。任何地方，經歷大半個世紀之後，都會有很大的變遷，何況是香港！令他驚喜的是，嘉頓餅乾有限公司大廈，依舊屹立在原處，雖然已改建，但鐘樓保持原狀。這令他感到十分之親切，童年的記憶重現了：石硤尾木屋區大火，與及在徙置區由撕旗引發之暴動，都是他親身經歷的，如今都歷歷在目。

他在此區穿插徘徊，要尋找回更多童年和少年時代的記憶。佔地甚廣的南針電鍍工廠沒有了，桂林街新亞書院沒有了，北河街電影院沒有了，深水埗渡輪碼頭沒有了，長沙灣的軍營沒有了，填了一大片海灣，面目全非，深水埗警署碩果僅存。許多有騎樓的舊唐樓固然不見，而最令他感到可惜的是，本來到處可見的大牌檔，完全消聲匿跡。

這些大牌檔是平民美食及休憩好地方，外國路邊咖啡店大行道，成為亮麗的城市風景線，為何香港特色的大牌檔，既能增加就業，平抑物價，又可吸引遊客，當局為何要滅之而後快？簡直是自毀長城！

何況大牌檔食品多樣化，粥粉麵飯，應有盡有，特別係魚蛋粉，雲吞麵，牛腩麵，豬手麵等這些獨特美味的食品。還有咖啡奶茶，也是別有風味，諸如用鐵絲網夾着方麵包，以炭火烤的多士，然後抹上鮮牛油，口感是電爐烘不到的。他多麼希望能再品嚐到這些美食！重拾童年的味覺。

這裡雖然重建許多新樓，但仍舊是最貧窮之地區，現在舉目所見，甚多街邊攤檔，販賣舊物，店舖也是以平價貨為主，來往行人皆低下層居民和勞苦大眾。他可說是衣錦榮歸了，他已脫離下層階級，進入專業人士之中上層，在這裡他更有高人一等的自豪感。當然，若非有機會到外國攻讀，畢業後留在當地工作和入籍，他很可能也是困居在這裡，永無出頭之日。

對此他非常感激姑丈的資助，才能負笈外國深造，成為金融界精英。他本來喜愛文學，是個文藝青年，功課之餘就捧讀文學作品及寫作，投稿報紙及雜誌，也時獲得刊登，於是立志要成為作家。中學畢業後，礙於家庭環境，無力再深造。

他的姑丈認為他是個好學有為青年，願意資助他到外國留學，條件是必須攻讀商科。出發點是為他着想，老一輩的人深知以文為業，謀生不易，也全無保障。當時他掙扎了很久，要堅持自己的興趣和理想，抑或是把握到外國留學的機會？家人及親戚絕對贊成他去留學，文友則要他堅持理想，尤其是他的好友王松基，認為他很有潛力，日後會成為傑出的作家。不過王松基這樣說可能出於私心，因為他們以各自的一個名字，成立的「松柏文社」，有一定的名氣和號召力，他一旦離去，「松柏文社」也就散了！

這是他一生最大的抉擇，他猶豫不決，最後還是他的女友白如霜一錘定音，她鼓勵他去留學，但仍可保留文學作為業餘興趣，這不失為兩全其美的方法。其實白如霜也說不上是親密的女友，他也不敢高攀，她只是來往較多的文友和常見面的街坊而已。她父親經營一家二樓舊書店，她課餘幫助打理店務，也在店內寫散文詩。他常常來這裡淘寶，找尋文學書籍，和她談文說藝。所以她是文友，是街坊，也是她的顧客，可以勉強說得上也是女友吧。

到美國入讀商科之後，他很快就發覺沒有餘暇閱讀文學書籍了，功課甚多，開始時言語上多少也有點隔膜，要加倍用功。其次是個人起居生活瑣事，也耗費不少時間。最主要還是，沒有文友之間互相交流、砥礪和切磋，沒有可供投稿發表之報紙和文藝雜誌，創作慾自然淡薄甚至消失，於是他的文學興趣逐漸煙消雲散。

他本來就好學又聰穎，閱讀能力高，思考分析力又強的人，全力攻關之下，成績冠絕全班，還未畢業，已為華爾街之金融大機構高薪羅致。畢業後自然留在美國工作，並且能夠立即入籍，享受着高薪厚職。數年之間擠身上流階層。

跟着成家立室，妻子是當地華僑富家女，育有一子一女，其後子女也成材，已完全融入當地社會，連第二代亦在美國生根，第三代的孫子孫女也成長了。所以從未想過會回流香港。事實上他不特申請父母入籍美國，連姑丈一家人也一併成功申請來美，算是感恩回報。所以他姑丈常常驕傲地對親友說：「他資助林柏年赴美留學攻讀商科，是他一生最精明最成功之投資！也是慧眼識英雄。」

他唯一遺憾之事，是未能進入公司的董事局及獨當一面，諸如在競逐東南亞區總裁之位時，輸了給對手。他並非無能力，純是黃臉孔及性格之故。那就是他不夠「心狠手辣」，行事作風穩健近乎保守。但穩健也有好處，他令公司避過三次危機。

第一次危機是有新避孕藥面世，許多證券商爭相包銷及向投資者推薦，只有他按兵不動。果然避孕藥的副作用逐漸浮現，有些人服藥後，不特依然懷孕，但又半途流產，更可怕的是誕下的嬰兒沒有雙臂！藥廠固然要賠償巨款，證券商亦要對投資者負責。他的不沾手決策令公司避過此劫。

第二次危機是石油探勘鑽採融資。由於石油需求殷切，全球掀起探勘熱潮。有探勘公司聲稱在印尼海域發現油田，不少專家估計石油及天然氣蘊藏量，僅次於中東的沙特阿拉伯。於是金融機構紛紛主動融資甚至入股。公司派人去視察過，認為值得投資。

他為了慎重起見，他親自前往了解。他受到隆重接待，出入有私人直昇機，下榻私人豪華別墅，宴會美食應有盡有，列席者皆是高官名流，甚至有多名美女陪伴，千依百順。他不特不受落，反而起了很大的戒心。他到油田視察，探勘機的確是豎立，但沒有操作，原因是等待環境污染及生態評估。他接觸有關官員，據說很快就會批准動工，萬事俱備，只待東風——充足到位的資金！

他返國後，向董事局建議不作投資，直言是國際大老千集團。這個集資數十億美元的採油項目，結果是爛尾收場。

第三次危機是所謂「垃圾債券」風潮。美國長期地產興旺，原因之一政府猛印鈔票，長期壓低利息，其次是十足按揭。只要有能力每月供款，即可以成為業主。於是人人都爭相入市。樓價愈升愈高，只要入市，皆可即時獲利。如此漲大的泡沫，終於爆破。但有所謂「財技高人」，將這些違約的房地產項目再包裝成債券發行，包銷利潤雖然十分豐厚，他果斷地絕不沾手。其後雷曼兄弟事件，是金融界的大地震，於是公司又避過一劫。

但無可否認，他之謹慎保守，也曾令公司失去若干賺大錢之機會，他對公司的貢獻，還是功大於過的。這三宗事證明他雖然是金融專業人士，但骨子裡還是文人的淑世情懷，在關節上良心起了巨大的作用。所以他無論如何狠心，無法成為「華爾街的狼人」，也就是這一點，他不能進入董事局。

他分析能力很強，自然深知自己弱點所在，但天性令他不能改變，亦不想改變。他以這兩句詩來開解：「絕憐高處多風雨，莫上瓊樓最上層。」這是袁寒雲勸告其父不要稱帝的詩句。

他來到福華街，那是他自小居住地方，故居已拆掉重建。那裡有兩家店鋪令他印象深刻，一家是木箱店，當時生意興旺，專為出口貨物用木箱包裝，然後用鐵皮在周邊加固，整天砰砰嘭嘭，吵耳之極。令他不易集中精神做功課、閱讀及寫作。

另一家是紅A塑膠工場，生產塑膠水桶等家庭日常用品，當時只有半邊店鋪位。其後以木箱打包貨物出口費時又不方便，生意逐漸式微，甚至絕跡。紅A塑膠用品則大行其道，尤其是香港制水時期，塑膠水桶需求甚殷，於是紅A產品成為香港的品牌，這也是香港產品及行業盛衰的一個縮影。

他由福華街轉入福榮街，一切都已有很大的改變，令他意外的是，其中一幢舊唐樓依然存在，夾在新樓之中顯得更為殘破可憐，熟識的方柱支撐的騎樓何其親切！他記起街坊女友白如霜就是居住在此唐樓。他舉頭望向二樓，果然「松柏書店」的招牌依舊存在！其父將二樓一分為二，前座賣舊書，後座則作為家居，這是一般家庭小本生意經營之方式。

他與王松基以各自一個名字成立「松柏文社」，完全是受此舊書店之名所啟發，亦非常之巧合，何況太子女也是文社之骨幹成員，他們三人、店、名，皆是最貼切的組合。

他心中狂喜，見招牌如見故人，但招牌依舊，會不會是「桃花依舊，人面全非」？畢竟是睽隔五十多年了！太子女白如霜會否仍在？她的年紀應有七十多歲了，和他的年齡差不多，希望她依然健在吧。於是他爬上此陳舊的木樓梯，每一步都發出朽木的喘息聲，他真擔心年事已久的木樓梯會隨時塌下來。

他來到二樓，依舊是兩扇綠色的木門，油漆幾乎剝落殆盡。他推門入內，掛在門楣的銅鈴就被拉動而響了，提醒店主有人客來光顧。這一切都沒有改變，他有如進入時光隧道。屋內幽暗，有兩枝光管，光源主要還是騎樓的陽光。四周是到頂的書架，大廳正中擺放兩張大書枱，堆滿了陳舊書籍。格局也是數十年如一日。除了他之外，別無人客。是的，如今看書的人很少，買書者更是寥若晨星。

他首先望向收銀處的小櫃台，一名老女人寂寞地端坐着看書，似乎她是以此來打發日子。她雖然年紀老邁，但面龐輪廓依然是個昔日美人胚子。她也打量着這名稀客，兩人四目交投，互相審視、狐疑及各自搜尋着記憶。五十多年了，兩人都衰老了許多，但輪廓依稀可辨認，於是兩人差不多同時衝口而出，叫出對方的姓名：

「林柏年！」

「白如霜！」

「噢，久違五十二年了，林柏年，你終於回來了！我還以為再也見不到你呢！因為兩個月後，這幢唐樓也難逃清拆改建的命運。」老女人感歎又歡欣地說。

「是的，我回來了。這是闊別後我第一次返港。在這裡一切都如舊，完全沒有改變，難得，十分之難得！」他環顧屋內的陳列，他這樣說是也混合着歡欣和感慨。他首先問及她的雙親，原來已去世十多年，她獨自經營此舊書店。但最終也被迫結業。

「我還以為你唸完書就會學成歸來呢。」她幽幽地說：「想不到後來你連父母也接到美國去定居。」

「我本來打算回來的，有大公司挽留我，一做就是數十年，想不到就此落地生根。」他似乎有些抱歉地說，他也不知道為何會有此感覺。

她看着他一身得體和極有品味的衣着，雖然年老，但並非老態龍鍾，而是老得甚為優雅，這是社會地位、學識、修養、健康和自信心綜合之表現。她頗為欣賞地說：「能留在美國發展，自然最好不過了。林柏年，你已飛黃騰達，並非昔日吳下阿蒙了！你的經歷一定很動人，你說來聽聽。」

她此說正中其下懷，是的，他以前是窮小子，她則是書店的「太子女」，加上她艷如桃李，冷若冰雪，眼高於頂，正是人如其名：白如霜！是眾文友心儀的對象，但她對他們都不屑一顧，她精於寫散文詩，筆名是「青女」，青女者，乃霜之神也，筆名也是人如其名。他也如其他文友那樣暗戀着她，而不敢表白。

如今他的地位已遠遠將這個太子女拋離了！既然她要聽他的「威水史」，於是將他在美求學及奮鬥和和成功業績，向她娓娓道來。這是遲來的炫耀，但總算可以在她面前吐氣揚眉了。她也為他的成就和有美滿的家庭而高興，但有一絲淡淡的哀愁卻是掩遮不了的。

「其實，歸根究底我是要感謝妳，因為是妳鼓勵我去留學。」也不得不承認此關鍵之點，跟着問：「妳呢？妳有多少個子女及孫子？」

「我沒有結婚。」她淡然地說。

「妳沒有結婚，為什麼？」他大感意外又吃驚。當日她是個大美人，秀外慧中，追求者甚眾，許多人都以為她必定會嫁入豪門，她亦有此條件，她在女子中學唸書，在該區可以說是貴族學校。

「為什麼……」她遲疑着，不知道應否說出來。

「為什麼？」他追問，好奇心更重了。

「為什麼我沒有結婚？林柏年，我等你呀！我一直在等你！」她坦白地說出來，數十年的壓抑，終於可以釋放了，於是她長長地舒了一口氣，這也是遲來的表白，若然錯過了，今生恐怕亦再無機會了！

「原來妳一直在等我……我完全不知道！事實上當時妳亦沒有向我提及，而我們也沒有約定。」他在錯愕和震驚地說，其中還包含有難以置信、受寵若驚與及錯過良緣等百般滋味。

「是的，我們沒有約定。但你問我應否到外國留學，又聽從我的意見，我認為你學成後會回來，所以我等你。」她堅定地說。

他聽了更是匪夷所思，如此隨口的提問意見和接受了，也可以視作「緣訂三生」？於是吶吶地說：「我以為我們只不過是泛泛之交，而我也從未有勇氣向妳示愛。」

「是的，你沒有此勇氣，但我是明白你的心意的。這還須要宣之於口嗎？」她說得十分之溫柔。

他聽了真的是柔腸寸斷，承認地說：「我的確是暗戀着妳，其他文友也是如此。妳對任何人都無動於衷，不假辭色，真的是眼高於頂，我這個窮小子敢表白嗎？其實我向妳問去留問題，就是向妳試探，若是勸我留低，則我還有一線希望，妳毫不考慮就鼓勵我出國，那就是表示對我絕無半點留戀了！」

她訝異地望着他，苦澀地說：「想不到同一件事，解讀可以如此相反。」

「還有一件事，使我自慚形穢，抬不起頭，也是令我不敢向妳表白原因之一。」

「什麼事？這麼嚴重！」

「有一次我們三人——妳、我和王松基，在大牌檔吃了牛腩麵，我無錢付賬，要由妳來解困。令我無地自容。」

「有這樣的一件事？我完全記不起。其實由我請客也沒有什麼大不了，我樂意之至，你何必記在心中。」她不以為然地說，也難以理解。

「妳認為是微不足之小事，對我而言，則是刻骨銘心，一直耿耿於懷。」於是他詳細地說出當時的情形。

原來有一日，他們三人將由文社收集的作品，以臘板紙油印自製成簡單的定期刊物，大約兩個月出版一次，除了在其父的舊書店出售之外，也親自分發給附近的報檔代售，其實是完全賠本的生意，純是興趣而已。他們自己創作、集稿、用臘板紙謄寫（她的字最為工整秀麗）、油印，然後是簡單的釘裝，作品就可以面世了。

他們三人分發完刊物之後，路過大牌檔，王松基提議吃牛腩麵，進食後他等待王付款，他沒有錢，因為是王提議的，原來王也沒有錢，最後是由她來付款。令他萬分羞愧。

「坦白說，我選擇負笈外國，除了妳鼓勵之外，那一次我無錢付款，也是原因之一，我怎能再窮下去呢！」

「林柏年，我想不到你的自尊心如此強烈，簡直是不可理喻。」她嘆了一口氣。

是的，這兩件小事，竟然改變兩個人的一生。兩個垂垂老去的老人，在訴說前塵往事之後，相對無言。

「我辜負了妳，白如霜，我是不值得妳等待的。」他內疚又痛心地說。

「是我自願的。事實上當你接你父母去美國後，我已知道你不會回來了。」

「那麼妳為何還要等下去呢？」他欲哭無淚。

「我不是已說過了嗎？我是自願的。」

「簡直是不可理喻！」

「彼此，彼此。」她說完，從書架中找出一個包裹，打開來有四本舊書，將書交給他，說：「林柏年，這是你以前要我代你找的書，幸不辱使命。」

他接過來，原來都是何其芳的著作：《刻意集》、《還鄉雜記》、《燕泥集》及《漢園集》。這四本書令他記起前塵往事。他拜讀過《畫夢錄》之後，對何其芳非常佩服，請她搜羅其他的作品。想不到她念念不忘這件託付，不特找到，而且一直保留，直到他出現，這令他更是百感交集，也惋惜自己早已是個文學逃兵。這一份少年時的情懷，依稀可以回味，是淡淡的哀愁。

「這四本舊書，我一直搜集十多年才能集齊，盛惠三元三角，不要給多，也不要給少！」她固執要收回當時之價錢。他不知有何含意，要保留當時的情景？這也是不可理喻！他唯有如數照付，但沒有三角硬幣，給她四元，她鄭重其事地找回七角給他。

「多謝你回來取書，你是個好顧客。」

他為之啼笑皆非，此刻他真想大哭一場。

「其實此舊書店早已無法經營，買書人固然少，舊書來源也無以為繼。我堅持下去，是繼承父業，我也無事可做，樂得在此安靜地看書度日，不失為靜好的歲月。當然，最大的原因是要等你，以及等你回來取書。如今你終於回來，又取回你定購的書。同時令我有機會向你表白我的心意，你也向我表白過了。兩個月後，這舊唐樓就清拆，可以說是圓滿的結局。」

他再也忍不住了，淚水奪眶而出。

「你回來有見過王松基嗎？」她另闢話題，以免他哭出聲來。

「沒有，他仍舊住在原址嗎？近況如何？」他忙揩掉淚水。

「他仍然住在這區，但不是原處，現在是住在籠屋的床位，靠綜援過活。」

他吃了一驚，王的家庭環境雖然不大好，但想不到晚年更淪落至此，同情地問：「他一家人就住在床位？」以前也曾有過一家八口一張床之事，今時今日應該不會再有此情景再出現了吧。

「他沒有結婚，他一直單身。」

「他為什麼不結婚？」

「他不結婚，除了太貧困之外，最主要原因是他一直在等我！其實我早已對他說清楚，我不會嫁給他，不是嫌棄他窮，而是我在等你！他說他不介意，他甘願繼續等下去，以為我終有天會被他感動，他真的是無可救藥！」

他錯愕得說不出話，無可救藥的人豈只是王松基，她本人也是！

「當初是他勸我不要去留學。」他疑惑地說。

「這正是他聰明之點，他深知你不會錯過此難得之機會。所以才這樣勸你。其實你離開香港，他不知道多高興，以為他就大有機會。你赴美不久之後，他父親失業，他唯有輟學打工來幫補家計，沒有學歷，難以謀生，只能幹零碎不長久的工作。他不肯刻苦去做學徒，學一門技能，他並非懶惰和吃不得苦，只是要有空餘時間來閱讀及寫作。他可說求仁得仁，他不改初衷，現在他依然繼續寫作。」

「他的寫作可有收入？」

「連發表的地方也沒有，又怎會有收入。」

「以興趣來寫作也是好事，」他不無佩服地說：「可以寫自己喜歡的東西。」

「正如你所說，他寫自己喜歡的東西，他一直在寫一部長篇小說，已寫了九百多萬字，還未完結呢！」

「嘩！九百萬字的小說！真是巨著。」他為之驚嘆。

「還未完結。」她一再強調。

「小說是個怎樣的故事？」

「小說名為《太平山上與獅子山下》，有兩條主線，互相交織，其一是說一個大家族的沒落，其二是說一個小商人的崛起，建立跨國商業王國。其餘有無數的支線，切入點由一九四九年開始，一直至現在，將整個香港前世今生，社會百態，大小事件，巨細無遺地包羅起來。」

「這的確是很宏偉的結構，野心也很大。」他敬佩地說。

「但太冗長了，沒有出版社肯出版，即使能付梓面世，又有誰會花時間閱讀呢。曾有出版社願意出版，但要大幅削減為三十萬字，他不肯妥協，斷然拒絕。看來永遠不會有出版之機會了，他也是個不可理喻的人。」

他為之默然，是的，他們三人都是性格剛烈得不可理喻的人，所以才構成此奇特的三角關係。他們的名字已有跡可尋了：霜雪降而知松柏之後凋也！

「其實他早已看淡名利，並不計較作品能否面世。他每天到圖書館看書，閱報紙及雜誌，搜集資料，然後孜孜不倦地寫作，十年如一日，過着簡樸的生活，自得其樂，圓滿自足，不假外求。我甚至懷疑他不結婚不是為了等我，而是一個藉口一種寄託而已，他根本不想有家室之累，好讓他專心寫作。」

她此話令他豁然而悟，她說一直在等他學成回來，不也是一個藉口一種寄託嗎！她不是說樂此靜好歲月，安靜地讀書，圓滿自足，不假外求。她自小就是個眼高於頂，孤芳自賞的女子！白如霜，白如霜！容不下半點世俗微塵！

「王松基的巨著應該面世，這是香港的記錄，也是他的心路歷程，我會為他全數出版，一字不刪！」

「很好，也只有你才有此財力。不過，容我提醒你一下，切勿以你的成就來衡量王松基。」

「不敢！不敢！」他悚然又慊卑地說。

於是她寫下王松基的居處地址及手機號碼，隨手將字條夾在何其芳的《刻意集》中去。然後依依不捨地互相珍重道別。五十二年後相見，隨即又匆匆話別，相信此生不會再見了。

他來到街上，正要聯絡王松基，手機響了，是他太太來電。

「喂，柏年，你在哪裡？」

「我仍然在深水埗。」

「我剛離開半島酒店，我也想看看你的故居，我現在就來。是深水埗地鐵站嗎？」

「是的，我在C出口處等妳。」他往深水埗站C出口處走去，只不過十分鐘而已，但他舉步維艱，地面似乎不踏實，心神彷彿。

白如霜那句話：「切勿以你的成就來衡量王松基。」有如一把利刃直插他心窩，他數十年來辛苦建立的人生觀和價值觀，就此崩潰了。他的所謂成就，算得了什麼？只不過生活稍為富裕而已。而高人一等，衣錦榮歸，更是幼稚可笑。白如霜歲月靜好地讀書數十年，王松基不為名利地終生寫作，他們才是不改初衷，品格高潔又完整，圓滿自足，不假外求。而他自己，是個支離破碎的人！

以前，華爾街金融界精英受人尊敬，如今為人鄙視，甚至成為過街老鼠，因為世人醒覺了，這些所謂金融界精英，原來都貪婪又無恥，不擇手段地巧取豪奪。無所不用其極，殘人自肥。受害者要佔領華爾街，並提出九十九對一來抗議。

他自以為有良心，其實是五十步笑百步，他也是為九十九份之一的人而服務，為虎作倀。

這時他的太太出現了，他將她和白如霜比較。妻子也很美麗，絕無老態，雍容華貴，珠光寶氣，全身都是名牌，世俗之美，只此如已！他不也是這樣的一個人嗎？當然白如霜的書卷氣，不是一般人所能欣賞的，他畢竟曾受過文學的熏陶，品味自然較高。

「你的故居在哪裡？」

「要轉兩個街口，不過原居早已拆掉重建。周圍環境也已面目全非了。」

「不要緊，看看原址也是好的。」

他們走了一會，她就發現他拿了幾本薄薄的殘破不堪的舊書，真的是甩皮甩骨，問起是什麼一回事。於是他興奮地說出訂書的往事。想不到她醋意大發，酸溜溜地說：「原來你與舊情人相會！」

「什麼舊情人，是街坊的普通朋友而已。」

「普通朋友會為你留書數十年？」她的懷疑很合理，睜圓的杏眼不信任地盯着他。

他也無法解釋，無可奈何說：「信不信由妳。」

她更加惱怒，以為他是心虛的表現。剛巧經過一輛垃圾車，於是一手搶過這幾本舊書，往垃圾車的車斗丟入去，不停轉動的強力壓縮機，將之與其他垃圾絞碎捲入內，她厭惡說地：「這些書陳舊又發霉，沾滿了病毒和細菌，不要也罷！」

他欲救無從，搖搖頭，惋惜地嘆了一口氣。

她得意地說：「有什麼可嘆，希望你這段舊情也和這些書那樣，送到堆填區去埋葬！」

她這副刁蠻公主的性格和脾氣，真的老而彌堅，老而彌烈。

這時她的手機響了，是他們的女兒打來，其夫婿已為兩老訂妥往日本的機票及酒店，明朝就起行。他們的長子一家五口，也在後日來到東京，屆時三家人三代同堂，共十一人，漫遊日本九州四國，北上札幌，然後往瑞士滑雪。在那裡過一個白色聖誕和新年。

「柏年，他們真乖，你一退休，他們兩家人都立即來陪我們。」

「是的，他們一向都很孝順，難得的是，連孫子孫女都很親近我們，不嫌我們老邁。」他心滿意足地說。現在他尤其需要親情，有如遇溺的人，抓到了浮木，世上還有什麼比親情更可貴又更實在呢！

尋找丁岡——石峽尾舊區的故事之五

一

何美芝打開嘉賓留名冊瀏覽，來賓都是社會名流、藝術家、學者，甚至官員，她是蜚聲國際的畫家，每到某地畫展，當地藝術家及文化界人士都會蜂擁而至，市長及官員也會蒞臨。這次來香港開畫展，是舊地重來，自然更為轟動，尤其是在預展時，不少司級的官員也駕臨。因為她是國際大師級畫家，雖然早已移民入籍美國，當局仍視她為香港人，認為是香港之驕傲。

她看到這些簽名，其滿足感比畫作破紀錄的拍賣更為過之。是的，今次畫展後拍賣六幅畫，已逾億港元。其實她早已超越這些世俗利名之心了，但這次回來開畫展，意義非比平常，可以說是尋根之旅，她是在這裡出生和成長，所以此衣錦榮歸之快感又怎能免呢。

她繼續瀏覽下去，其後就是正式公開畫展，到會簽名都是平民大眾，也有不少知名人士，她無意中看到「丁岡」這個名字，心頭大震，跟着就是狂喜不已，她久遠的記憶也回來了。原來他也來過了，但為何不與她相見和聚舊呢？難道是同名同姓？是另有其人？她對着這個名字發呆，不知是追憶還是悵惘，或是兩者皆有吧。

這時她的丈夫拿着視像手機走過來，對她說：「美芝，安迪來電說他已完成博士論文《希臘雕刻對東亞地區的影響》，待呈交給評審小組後，就會由美國直飛到日本東京，在那邊與我們會合，並要為我慶祝父親節。」安迪是他們獨生子。她這次是國際各地巡迴展出和拍賣，下一站是日本東京。

她聽而不聞，對着留名冊發呆。

她的丈夫對她再說一次，她這才如夢初醒。他問她發生了什麼事，她猶疑了一會，才指着「丁岡」這個名字坦白地說：「他是我唸香港美術學院時的同學。自從我離開香港之後，就沒有聯絡過，想不到他也來參觀我的畫展，但他為什麼不與我相見呢？」

「美芝，妳已是國際知名的大畫家，他和妳地位懸殊，所以不敢和妳相見。」他的分析有一定的道理。

「他是個胸襟坦蕩，光明磊落之人，不會有此世俗之見。他也知道我不是勢利之人。」

「既然如此，他來參觀又簽了名，為何不見妳呢？」

「所以我才大為奇怪。」

「也許是同名同姓。」

「也許是如此。見到這個名字，自然勾起我的回憶。他是全校成績最優異的學生，天份極高，無論水墨、水彩、素描、油畫、人像、風景等，無不精妙。事實上他根本就是個畫痴，終日作畫不輟，隨身攜帶速寫簿和筆，見到任何事物都捕捉下來。他的造詣遠比我為高，是我唯一佩服的人。」她衷心地說說。

「那他為何寂寂無名？」

「他的際遇欠佳，他家境清貧，畢業後無力繼續深造，也從未有能力舉辦過畫展，自然不為人認識。而為了生計，在北河戲院繪畫宣傳畫，大才小用，許多時上映的電影提早落畫，他就要趕畫新的宣傳畫，甚至通宵工作。如此緊張的工作，僅可糊口。此耗盡了他的時間和精力。我的家境比他好不了多少，但我比他幸運，因為我認識了你，你資助我負笈美國哥倫比亞大學美專深造，閒時到世界各地之藝術館觀看名家真跡，大開眼界。我不特可以安心努力創作，又能時常舉行畫展，認識不少畫壇朋友，我這才有機會脫穎而出。大維，我能有今日，是由於你的栽培，完全拜你所賜！我十分之感激。」

他聽了大感安慰，但謙虛地說：「我只不過是助緣，最主要是妳的確有真才實料。妳有新古典主義之美譽並非浪得。單是妳之《山海經系列》這些作品，無比的想像力，結合深厚的寫實功夫，令西方畫壇大為震驚。此足以令妳名垂藝苑了。」

他們的相遇也是很偶然，他遠在美國經營畫廊，是個有眼光的畫商。一次來香港旅遊，自然參觀香港的畫廊了，無意中見到她和她的一幅畫，立即大為傾心，驚為天人，極力邀請她赴美作個人畫展。她坦白說欠缺旅費和畫作搬運費。他樂於全部支付。可惜畫展反應平平，在紐約這個國際大都會，任何競爭都是很激烈，尤其是畫壇，何況她是個新人。他鼓勵她繼續深造，推薦她入哥倫比亞大學美專，一切生活費用由他支付。她在感激之餘，亦明白他的心意，於是以身相許，與他結為夫妻，他可說是得償所願。而更為令他高興的是，婚後一年，即為他誕下麟兒。雖然其後再無所出，有此獨生子，他已經心滿意足了。

婚後他更全力支持她，他不特有畫廊，更有財力和人脈，盡力催谷，加上她本身之才藝和毅力，頻頻舉辦畫展，終於脫穎而出，逐嶄露頭角，為人認識，在藝壇大放異彩，而他也差不多耗盡家財了。不過隨着她的畫在拍賣屢創天價，他反而是夫憑妻貴。他這個伯樂所得回報又豈此是十倍或甚至百倍呢！

「其實我的成名作《山海經系列》，靈感正是來自丁岡，他曾向我展示過他畫的中國古代神話，細節精緻，令我印象深刻。我的成功他應有功勞。如今電影院已沒有宣傳畫，不知他如何為生，因為除了繪畫，他就沒有其他謀生技能了。我希望助他一臂之力，也可以說是對他的回報，可惜他來觀畫也不和我見面，我無法聯絡他。」

「妳可以登報尋人。」他向她建議：「不過，到日本之畫展就要延期，原有行程也完全打亂了。」

「行程打亂也沒有什麼大不了。他既然來過觀畫，也不和我見面，登報尋他，他見報也未必會回應。」她擔心地說。

「那又不然，登報表示妳有誠意，他自然感到鼓舞。」

「大維，你的確很有見地，也很為他人着想。」她感激地說：「而登報看來也是唯一的辦法了。是了，安迪已完成博士論文，好極了。現在行程有變，叫他不必急於來會合，為你慶祝父親節可以押後。他日以繼夜地撰寫此論文，大費心力，叫他先好好休息一下吧。」

兩日之後，香港各大小報章的頭版都出現此尋人啟事：

「丁岡君

匆匆一別，睽違竟逾四份之一世紀，其間音訊失聯，念甚。此次重來香江，惜不能久留，盼能把杯敘舊。

懇請賜電」

三日後，她果然接獲手機短訊：「美芝，很高興妳如此念舊。其實我也不敢高攀敘什麼舊，往事不堪回首。若能獲贈一幅大作以資留念，於願足矣。我會繼續保持沉默守秘，決不食言！」

她對着此短訊又喜又怒，喜的是真的有回音，怒的是措詞不遜，而且是有要脅意味。她呆呆地看着，與其說是憤怒，不如說是痛心又傷心，淚水奪眶而出。

「美芝，發生了什麼事？」她的丈夫關心地問。她猶疑了一下，於是將手機的短訊交給他看。

他看了之後不解地問：「他終於來電，但全無敘舊之意，反而是要脅！」

「是的，是赤裸裸的勒索！我萬萬想不到他竟然如此卑鄙無恥！其實我要見他，正是要主動幫助他，如今要脅我，我就不再理會他了，很後悔大費周章登此告示。」

「美芝，妳有做過對他冒犯或傷害過他的事嗎？二十多年來他仍如此耿耿於懷！」

經她丈夫如此一問，她反而愕住了，她從未想過此事，喃喃地說：「我怎會冒犯他呢，更不會傷害他！是了，可能是怪我離開了他吧！這是唯一可能令他懷恨的原因。」

「他怪妳離開他？」

於是她坦白地承認他們曾是情侶。

「原來如此，難怪他如此惱恨了。任何人失去了妳，都會痛不欲生，更何況妳如今有此成就。他是雙重損失。」

「但也不能因此而要脅勒索。他以前為人並非如此不堪，難道真的是『時窮節乃見』。」

「貧窮對人的確是個很大的考驗。是了，妳有什麼把柄在他手中？」

她沉默了好一會，才說出來：「我跟隨你赴美國之前，作為與他告別，我和他有一夜之情。」

是的，只有坦白承認此事，對方之勒索才會失效。

「一夜之情又有什麼大不了呢。」他淡然地說，顯然他對此並不如何介意。

她感激地握着他的手。

「其實，這件事說不上把柄，根本不足以要脅妳，口說無憑無據，妳甚至可反告他誹謗呢！」

「事到如今，我再也無法隱瞞你了。那一夜之情，我竟然有了他之骨肉，他是安迪之生父！」她終於抖出這個大秘密，除了是不想被要脅，其實亦是如今她處於強勢之地位，並非往昔仰賴他供養之情況可比了，即使她並無此自覺。她以為這次他必然會大為震驚。

令她詫異的是，他依然鎮定如桓。他此不正常之平靜反應，她擔心地問：

「大維，你沒有事吧？你——你——」

「美芝，妳放心，我無事。」他極其溫柔地撫摸着她的手說。

「你——」

「其實此事我早已知道。」

「你早已知道？」她難以置信地問：「你怎麼會知道呢？」

「很簡單，我是不育的。前妻離開我亦是由於我有此隱疾。事實上我很高興有這一個兒子哩！我將他視同己出。」他衷心地說：「上天對我真的很好，有妳作為我的妻子，已是三生有幸，更有一個俊朗不凡的兒子，他的畫評一言九鼎，你們兩母子是藝壇雙璧，各放異彩，各有成就，我此生更有何求！」

「大維，你成就了我，更難得是你的寬宏大量，你的確對安迪視如己出。」她也感恩地說。

「那一夜之情，他怎會知道妳有了他的骨肉呢？」

「其後我做了一件比一夜情更愚蠢之事。」她嘆了一口氣說：「安迪彌月時，我忍不住將他可愛趣致的照片寄給他，照片還寫上『你親生子的容貌很似你，我見他有如見到你！』那時我對他的確是餘情未了，其後也就沒有再聯絡他。我相信他必定保留該照片。」

「唔，這的確是很大的把柄。」

「既然我已坦白向你說出此事，又得你的諒解，他的勒索就完全失效了。」

「但此事畢竟關係重大。」他不以為然。

她也明白丈夫的處境，因為此還涉及兒子之身份問題。

「難道向他屈服？」

「其實他也是值得同情的，他一定生活不大好，才出此下策，我們就當作是幫助他一下好了。」

她考慮了一會，說：「大維，此人實在令我太失望了，根本不值得和他打交道。不過，你要息事寧人，我也尊重你的意見。我不想見此卑劣的小人，一切由你作主好了。」她對此舊日情人完全心死了。

二

他們下榻於酒店的總統套房，有獨立的會議室、工作室、會客廳和餐廳，大維安排了午餐等候這位「客人」。美芝則躲在客廳。

十二時半酒店侍者恭敬地將這位訪客引進來。大維上前迎接，客氣地說：「是丁先生嗎？幸會，幸會！」他打量來客，大約是五十多六十歲，也許是未老先衰，中等身材，面孔黧黑憔悴，完全是受盡了生活折磨。容貌輪廓也平平無奇，即使年輕時，英俊固然說不上，也無甚特出之處，甚至是有點猥瑣。與安迪的容貌身形完全沒有半點相似。美芝怎會愛上一個這樣的人？

而客人被此場面震懾了，顯得侷促不安，自慚形穢。他從未到過如此豪華的酒店，他的衣着殘舊寒酸，出現在如此高貴的地方，委實是格格不入；更未見過總統套房，一個生活在底層的人，突置身於有如皇宮的地方，難怪渾身不自在。而最令來客詫異的是，接見他的不是何美芝本人，這是關乎她本身的大秘密，怎能由他人來插手呢！於是吶吶地問：「何美芝呢？閣下是——」

「我叫李大維，是何美芝的丈夫。她有事外出，丁先生，你有任何要求，可直接向我提出來，只要是合理，我會盡可能如你所願。」他開門見山地說。來客得知這個男人正是她的丈夫時，更是手足無措，那即是說身為丈夫者已知此事，他的要脅也就完全失去作用了。事到如今，唯有硬着頭皮訕訕地說：「我只要求她一幅畫而已，別無其他要求。」他也直述來意，希望盡快解決。

他微微一笑地說：「來，讓我們用過午餐再說。」

他拿起內線電話吩咐了一下，不久侍者就用手推車，將頗為豐盛又精美的午餐送來。客人為之受寵若驚，又有些慚愧之色。而從未品嚐過如此可口的美食，於是就狼吞虎嚥起來。大維對此人倒有點同情，問及他的生活狀況，他也坦白地說出來，本來一直是為電影院繪畫宣傳畫，生活還可以應付，一直過着單身生活。但當電影院逐漸減少，又由大院變細院，再不需要宣傳畫時，就失業了，只能在唐樓騎樓底擺張小桌子，替人畫瓷相。後來攝影技術可以複製瓷相，他的畫工就無人問津了。

要瓷相的人，只求平靚快，對畫工的技藝完全不欣賞。如今唯有在尖沙嘴或山頂，為遊客畫速寫像，收入不穩定。

他聽了大為同情，一個畫家，竟然淪落到此田地，能不惻然。

用膳後，大維將一張已簽寫的支票交給他，說：「丁先生，美芝說是以此支票來交換你那張照片。」他接過來看看，支票的數字甚大，遠超他之預期。不過，抬頭是寫「丁岡」。他面有難色，將支票交回，說：「李先生，我是要美芝的畫作紀念。」

「噢，我還以為支票比較簡單直接。」大維訝異地說：「我向你保證，決非空頭支票。我可以陪同你去兌現。」

「我不是要錢，我是要何美芝畫作為紀念而已。」來人說得理直氣壯。看來這是他最後唯一要堅持的尊嚴了。

「既然如此，美芝的畫存放在工作室，我帶閣下去挑選一幅吧。不過，你先將照片給我。」

「什麼照片？」

「小兒安迪之彌月照片。」

對方不知所措地呆着，一時反應不過來。大維盯着他說：「原來你沒有這照片！」

他支吾以對。這時何美芝怒氣沖沖地衝進來，指着他大罵：「王浩然，原來是你，你竟敢冒用丁岡的名字來行騙！」

「我沒有行騙。」他狼狽地抗辯。

「你利用丁岡的名字，勒索要我的畫，這不是行騙又是什麼！」

「妳登報要見丁岡，他不方便來見妳，要我代表他來收取妳的畫作留念，妳和他之間的交葛與我無關，妳怎能說我是行騙。」他委屈地說。

「他為何不方便來見我？」她錯愕地問。

「我怎麼會知道你們之間的事呢！」他狡猾地說。

他們兩夫婦為之面面相覷，無法分辨真假。不過大維還是細心指出地說：

「原來你不是丁先生，見面時我誤會你為丁先生時，你為何不即時糾正呢？豈不是有冒名之嫌！」

「既然你未見過丁岡，我又何必大費唇舌去糾正和解釋呢，我不想多生枝節，我只想取得何美芝的畫，盡快完成丁岡交託的任務。如果你以為我是丁岡才邀我共進午餐，那我的確是騙了你一頓午餐。」

「你說是受丁岡之託，那是你一面之詞，你能提出證明嗎？」何美芝質問。

「無法證明，我是丁岡的好友，這一點妳很清楚，就是最佳的證明。」

「要證明也很簡單，王先生，你用手機致電丁先生，由他對我們確認一下就行了。」大維極其有力地提出認證方法。

「丁岡沒有手機。」

夫婦二人都為之冷笑，是的，如今世界怎會有人沒有手機。

王浩然自己也覺得於理不合，無可奈何地說：「丁岡的確沒有手機，信不信由你們。」

「我絕不相信！首先，丁岡品格高尚，絕不會為貪財而作出勒索之事，只有卑鄙小人才會有此下流手段。」

「我不是卑鄙小人！」他憤怒地說。

「王浩然，你的為人，我早已領教過了。」她記起舊事，恨恨地說：「你曾當眾侵犯過我！完全不知羞恥！」

他呆了一呆，說：「何美芝，原來對這件事至今仍然懷恨在心。我承認當時我是一時衝動，但我已立即向妳道歉，而且妳狠狠地摑了我一記很大的耳光，令我耳鳴好幾天，也幾乎聾了，此事應該是可以扯平了。既然你們不相信我受丁岡之託來取畫，那就算了！我承認為人衝動，但我不是卑鄙小人！」

王浩然說完，拂袖而去。

三

「美芝，你相信他的話嗎？」大維問。

「絕不相信，他不敢和丁岡對質，竟然說丁岡沒有手機，如此拙劣的藉口也說得出。」

「還有一點可證明他作偽。我給他支票時，最初他是接受的，其後堅持要妳的畫。當時我不明所以，現在才明白，因為支票的抬頭是丁岡之名，他無法提款。由此亦還丁岡一個清白，丁岡並無參與此事。此人的確是冒名行騙。」

美芝點點頭，說：「這才是我最感安慰之事，丁岡為人正直，怎會做此卑鄙之勾當。」

「是了，妳說此人曾當眾侵犯過妳，那是怎麼一回事？」大維關心地問。她漲紅着臉說出往事。

原來當時學繪畫，王浩然也是她的同學，為了省錢不請模特兒，由同學輪流做模特兒，讓同學寫生。裸體對這些藝術學生，可說是很平常。但當輪到她做模特兒時，全班就起哄動，因為她的容貌和身材都很出眾，可以說是再世維納斯。女生固然羨慕，男生更是看得忘記描寫了。她望向丁岡，只見他專心地寫生，偶爾朝她望過來，隨即又低頭寫生，眼神與其他男同學完全不同，簡直當她是一尊石膏像而已。而就在這時，一名學生突然擲下畫筆，向她直衝過來，不由分說，將赤裸的她緊緊地摟抱着，並在她身上亂吻——

當時全班同學都為之瞠目結舌。她驚怒地推開他，叫道：「王浩然，你幹什麼？你瘋了嗎！」她大力推開他，他這才如夢初醒，失魂落魄地抱歉說：

「對不起，我一時意亂情迷，又情不自禁。請妳原諒我。」

「我當時狠狠地摑了他一記耳光。」她至今仍然氣憤不已：「一記耳光實在是便宜了他！所以此人為人卑劣，早有前科！」

大維聽了鬆了口氣，還以她曾受到嚴重的「侵犯」呢。笑着說：「任何男人見到妳的裸體，不意亂情迷才怪。由意亂情迷到情不自禁，只是一步之遙。是了，他怎會知道妳和丁岡之間的關係呢？」

「他和丁岡固然是同學，亦是同撈同煲的好朋友。丁岡在北河戲院做繪畫宣傳，他在仙樂戲院任同樣的工作。他們合租住一個唐樓單位，在工作上互相幫助，共同生活，彼此照應。他知道我是丁岡的女友，所以知道我們之間的內情並不奇怪，很可能是丁岡向他透露。」

「現在他雖然無法勒索妳，但難堵住他悠悠之口。」大維有些擔心。美芝也為之默然。他勒索失敗，加上她對他之痛罵，必定令他懷恨而揭秘。她是國際知名藝術家，李大維是成功的畫商，他們的兒子李安迪是頗有名氣的畫評家，可以說是一門三傑，是最完美的家庭組合。若然抖出內幕，此美滿的家庭就此毀了。

「看來，妳向他道歉和主動作出補償。」大維提出挽救建議。

她大為躊躇。要她向此人屈服，她絕不願意，但身為丈夫者自然不想此事公諸於世。

「美芝，如果妳不想和此人打交道，那就由我來處理好了。」她嘆了口氣，說：「好吧，由你去對付他也是好的。」

大維致電多次給王浩然，但對方都不接聽，對短訊也不回覆。

「看來，解鈴還須繫鈴人，美芝，非要由妳親自出馬不可了，妳向他正式道歉一下吧，並盡量滿足其要求，愈快解決愈好。」他敦促她。

她唯有親自致電，同樣不接聽。於是發出此低聲下氣的訊息：「浩然，請原諒我言語上的冒犯。希望你能偕丁岡同來暢敘，俾我有機會向你當面道歉，杯酒釋嫌，並送上拙作兩幅給你們以為留念，祈為笑納。」

美芝發此短訊，其實真正用意是要見丁岡。

她的畫價不菲，足以令王浩然和丁岡即時脫貧，滿以為必有回音。但同樣是石沉大海。不過令他們稍為安心的是，王浩然並無向傳媒「揭秘」，至少目前不見有任何行動，但不知是否就此不了了之？他們亦未能決定就此離開香港，繼續前往日本作巡迴畫展。

「王浩然此人，為何前貪後廉？」大維奇怪地問。

「一定是丁岡知道這事之後阻止了他。」何美芝推斷，這也是唯一合理的解釋。

「若是如此，丁岡的確是個正人君子。」

「王浩然生活困頓，丁岡只會比他更差。王浩然懂得靈活變通，甚至不擇手段。丁岡不會放下身段，更不要說去求人。我很想知道他的近況，大維，我對他並非餘情未了，只不過想盡一點綿力，為他舒困而已。可惜他不肯主動聯絡我。你有辦法找到他嗎？」

大維說：「丁岡的確是值得幫助的。既然有王浩然的手機號碼，找到了他，自然就找到丁岡了。」

四

大約過了七八天，一輛汽車來酒店將李大維夫婦接往郊外去，駕車者是個精明強悍的硬漢，他是私家偵探社之張社長，這次他親自出馬。他一邊駕車一邊說道：「李生李太，這次偵查很順利，完全達到你們所要求之絕對保密，不驚動對方，所以不會打草驚蛇。加上我們先進的科技，你們可以安座車中，靜觀一切，這是最真實又最有力的呈現，無須我們作任何報告或解釋。」張社長以前是警務人員，退休後才做私家偵探社，黑白兩道皆熟悉，可以搭通天地線。

「有陳警司的介紹，我們完全信任閣下。」大維說。

這時汽車來到一列低矮屋子，原來是殘疾老人護理院。旁邊泊了一輛巨大的近似集裝箱的貨櫃車。張社長請他們進入這貨櫃車，內裡有許多電子設備，還有一部大電視機。有兩名人員在工作。他們坐下來，電視機的畫面是老人院其中一間房。一名老人呆坐在床邊的椅子，鏡頭逐漸移近，老人臉孔就清晰起來，是一張呆滯無表情的面孔，明顯不是正常人神情，但五官和輪廓可看出，雖然年紀已不輕，未發病前應是個英姿勃勃的美男子。

「呀——」美芝輕叫了一聲：「他就是丁岡！」

大維忙靠近細看，果然與安迪十分相似。是的，安迪是兩個最精銳的藝術家，又是在風華正茂時光的愛情結晶品，安迪可說是具備父母最優秀的遺傳。

「他患了什麼病？」大維問。

「很普通的病，老人痴呆病。」張社長說。

「他不算老。」大維難以置信地說。

「很難說，香港人多患此病，尤其是貧窮老人。」

美芝含淚盯着這名老人，許多前塵往事都湧上心頭。只見這個老人長久地呆望着身邊的小几，眼神的茫然可反映其內心也是茫然的，因為他的心智早已停止活動了。

這時一個男人走來，拉了一張小摺凳坐在老人的身邊。原來此人就是王浩然。

「老丁，今日你精神不錯呀！」王浩然一邊說，一邊用手整理丁岡的頭髮。看來每次來看丁岡，他都是以此來作開場白，以作鼓勵。老人的房內不單安裝了隱閉的鏡頭，還有收音器。

丁岡雖然望向這個老朋友，但顯然並不認識來人，其實眼神和望向小几並無分別，真的是「一視同仁」。

王浩然打開外賣盒，說道：「老丁，我買了你最喜歡吃的蝦餃燒賣。不過你先要說：『我是老丁。』說呀！」

雖然是簡單的四個字，但老人根本就不明所以。

「我——是——老——丁，說呀。」王浩然有如教小兒學講說話那樣。老人就是木然，因為根本不了解說話的含義，自然無法跟着說了。

王浩然嘆了口氣，不再要求老人說話了。將蝦餃燒賣一分為二，然後逐小份餵他。原來老人連自己進食也不能夠。

王浩然一邊餵老人進食，一邊說道：「老丁，昨天我行運，我在山頂為一個鬼佬遊客畫速寫像，他對我的作品甚為讚賞，竟然打賞五百美元給我，五百美元！那天我真的走運！」他雖然知道老人聽而不聞，完全不明所以。仍然滔滔不絕，除了是要刺激老人的神經，希望有奇蹟出現之外，亦是習慣了自言自語。

「老丁，我再問問你，何——美——芝，你記得這個名字嗎？何——美——芝！」王浩然盯着老人，看他的神情有沒有變化，大維和何美芝也緊張地盯着，老人依然是木然，看來任何話題都無濟於事。

「唉，這個女人害得你那麼慘，你竟然對她什麼也不記起！你之失憶其實是你過度思念她所致。」王浩然搖搖頭說：「不過，這樣也是件好事，記着她只會增加你的痛苦而已。你在極度痛苦中，生命就起了自動保護機制，由苦苦思念變成遺忘。你現在心平氣靜，寵辱不驚，不再為世事而煩惱，是絕對的平靜。我倒有些羨慕你呢！人有思考有感受又如何？徒然自討苦吃。」

「唔，她挾着盛譽來香港畫展，我去看過，她的確畫得不錯，並非浪得虛名，她的畫有價有市。其實她的畫很受你的影響，尤其是早期的畫作。我一時衝動，唉，這是我對她的第二次衝動，在簽名冊上簽上你的名字，純是惡作劇而已。想不到，她竟然登報尋找你，說什麼把杯敘舊。既然她如此念舊，我乘機代你要求她送畫作留念。但她拒絕，這是念舊之情嗎？不要說你曾指點過她作畫，你說和她做過一夜夫妻，所謂一夜夫妻百夜恩，這些恩情難道比不上一幅畫？如此無情無義的女人，你為她而得病太不值得！」

何美芝心如刀割。

「她拒絕贈畫也就罷了，還罵我是卑鄙小人。士可殺不可辱，她怎能這樣侮辱我？其後她表示道歉和願意贈畫，此前倨後恭，說什麼杯酒釋嫌，這是嗟來之食！我前去取畫豈不就承認是卑鄙小人？其實她根本無誠意見我，她是要我帶你去見她，由此可見她對你念念不忘。但我怎能讓她見到你這副模樣呢？我要你美好的形象永遠留在她心中。她名成利就，事事如意，唯一的憾事就是未能再見到你，甚至和你重拾舊歡。讓她終身也受此單思之苦！這是以其人之道，還治其人之身。」

何美芝雙手掩面，淚如泉湧。她不忍再聽下去，大維扶她離開這貨櫃車。回到酒店後，何美芝再無顧忌地大哭，內疚地說：「是我害了他！」

她的悲痛令他手足無措，於是說：「我們接丁岡到美國治療，和好好地照顧他。」

她只是搖搖頭，他不明白其含意，於是又忍痛地說：「美芝，如果妳要和他重歸於好，作為補償，我也甘心割愛，自動退出。畢竟妳已將妳生命最好的二十七年給了我，我已很滿足了。」

她抹乾淚水，說：「我對他來說已是一個陌生的人，大錯已鑄成，無法彌補。大維，我很感激你無私的建議。不，你不能離開我，我也不會離開你，此生我不能再傷害任何人！」她緊緊地握住丈夫的手。

這時手機響了，是他們的兒子安迪來電，奇怪他們在香港停留那麼久，說要來香港和他們會合。

「安迪，我們明天前往日本東京，你不要來香港，直接飛往東京吧。」美芝說。

五

「老丁，你今日精神很不錯。」王浩然又是以這句開場白，丁岡依然是茫然地望着此陌生人。

王浩然打開外賣盒，這次是牛肉燒賣，也是丁岡喜愛的食物。

「唉，老丁，我住在工業大廈的劏房又要被迫遷了。其他的劏房我根本不能負擔，看來我要露宿街頭。我遲早被迫瘋。我真希望像你那樣失憶，什麼也不用想，也不必知道。但我沒有你那麼幸運，能入住如此良好的老人院。即使我有此機會，又有誰會來探望我呢？誰會耐心地向我說話呢？」王浩然說得有些哀傷。但丁岡依然不明所以地吃着弄碎的牛肉燒賣，也許是不知其味地吃着，病人是否還有味覺，而此味覺會否成為記憶，無人得知。

這時老人院職員進來，交給王浩然一個信封和兩幅油畫，說是昨天有人送來要轉交給他。王浩然打開信封，是一張便條和一張支票，便條寫着：「浩然君，我鄭重道歉，你不是卑鄙小人，你是個有情有義的君子，丁岡有你這個朋友，是他的福氣。此小小的支票和拙作，表示我對你的敬意。」支票的抬頭是「王浩然」。金額足夠他們兩人今後過着極其豐盛的生活。兩幅油畫是何美芝的舊作：《北河戲院》及《仙樂戲院》。前著更是畫中有畫，有丁岡畫的宣傳畫：《打雀遇鬼》，是新馬仔主演的喜劇電影。這真是充滿懷舊情調的畫作，也是他們三人的共同記憶。

夏日最後的一朵玫瑰

一

當王弦拉下最後一個音符，餘音裊裊時，全場掌聲如雷。他舉起那過千萬元的小提琴時，掌聲更如潮湧，真的是一波接一波。這小提琴是十七世紀，意大利人名匠史特拉迪華里的傑作，能留存在世已十分罕見。王弦的技藝配上此名琴，可說是相得益彰。

全場大叫安哥，雖然王弦從來不會回應安哥，這是他的一貫作風。但聽眾還是忍不住大叫，想不到這次王弦竟然有回應，他開口說：「很好，這次破例，我會再演奏多一首。」

聽眾自然喜出望外，掌聲和興奮的叫聲更大了。

「不過在演奏之前，我先要說出一個故事，這故事正好說明我為什麼會破例。」王弦說。

聽眾頗為好奇了，因為王弦除了不會安哥之外，更不會在演奏前後說話，也甚少接受訪問，真的是沉默是金。這次竟然自動大開金口，對聽眾來說，可說是雙重的意外。

「我知道我的門票相當昂貴，其實我是很想與大眾同樂的，但限制於合約，不得不如此，你們千萬不要怪我！」

聽眾都笑了。

「兩日前我初到貴境時，我就曾為你們免費演奏過，可惜你們太匆忙了，沒有多少人留意到！」

全場的人都為之愕然，不明所以。

「我知道香港貧富極為懸殊，為了讓大眾有機會欣賞到我的技藝，我來香港的第一天，就在中環地鐵站出口演奏，並且打開了琴匣，歡迎路過的人在欣賞之餘，也可能會隨緣樂助！」

聽眾都難以置信地驚呼起來，一個國際知名的小提琴高手，竟然在街頭賣藝！

而且是以此名貴的古琴。

「可惜行人都太匆忙了，沒有人駐足停留一會來傾聽。而十多分鐘，即有職員來驅趕我。」王弦說到這裡，用弓弦指指前座嘉賓說：「主席，你的管理的確很有效率。」

被指的人不禁為之苦笑。

「第二日，我到深水埗地鐵出口站演奏，這次我可以從容演奏，沒有人驅趕我，也有人聆聽。我演奏一首比較流行的樂曲：夏日最後的一朵玫瑰。其中一名老人全神貫注地傾聽，從他的衣着，我知道他是個很貧窮的老人。我看到他渾濁的眼睛竟然飽含着淚水！我從未遇到過如此感動的聽眾，一曲既終，他依依不捨，他可以說是我唯一的知音人，於是我特地再為他演奏多一次。他非常感激地望着我，然後他翻盡所有的衣袋，傾其所有，將所有的紙幣和硬幣都小心翼翼地，畢恭畢敬地放到我的琴匣中。這次輪到我的眼睛飽含着淚水，這個衣衫襤褸的老人，竟然罄其所有捐贈給我，雖然不多，但是比世上任何富翁更為慷慨，我怎能不感動呢！」

全場都鴉雀無聲，有人感動，不過有更多的人都覺得王弦行為不可理喻，以他的身份，何必到貧民區賣藝，那些粗俗居民又怎會懂得欣賞？何況萬一其名貴古琴受到毀壞，保險公司也未必會賠償。即使賠償，名琴的損壞，非金錢所能補償的。

王弦就是一個如此獨立特行的演奏家。

「現在我就破例做一次安哥，我演奏這首夏日最後的一朵玫瑰，我是為該名老人而演奏，雖然他不可能在座。」於是王弦就自顧自地用心地拉起弓來。

聽眾報以熱烈的掌聲。但卻都別有一番滋味在心頭。王弦坦白地說出，這次破例之安哥，並非為在座的人而演奏！

二

丁寧艱辛地爬上二樓，在摸索回到自己的劏房之前，他必須歇息一會。對於一個七十多歲，又有多種長期疾病的老人來說，加上腰酸腳痛，即使是二樓，每上落一次，都是個畏途。舊唐樓沒有電梯，租金一點也不便宜，二樓本來最嘈吵，租金反而比三四樓貴，因為居住在這裡的人以老人佔多，二樓就成為搶手貨。

他在黝黯的走廊喘定氣時，剛才美妙的琴聲仍然在他腦海中縈迴，這一首夏日最後的一朵玫瑰，旋律他最熟稔了。他以為無人能及得上他亡妻的技藝，想不到這名年輕的賣藝者竟然有此功力，真的是天外有天，但空有高超技藝又如何，還不是在街頭賣藝！他掏盡身上所有的錢財給這個賣藝者，除了欣賞和同情之外，還有一個更大的原因。

老人在開啟劏房門鎖時，喃喃地說：「他救了我！」

走廊黝黯，劏房內就更加黑暗，因為沒有窗口。白天都漆黑如夜。他亮着那暗黃的電燈泡，他第一眼就望向衣櫃上亡妻的遺照，然後點燃一枝香。現在並非盛夏，已悶熱得很，妻子以前時常規勸他，只在晚上睡眠才開冷氣機，電費太昂貴了。現在沒人阻止他，他反而尊重死者生前的說話。他只開動那座電風扇。

亡妻已離開他三個多月，他計算過，今天剛好過了一百天，哀悼過後，他決定今晚就追隨亡妻而去。他早已買定了炭、鐵罐和封閉門隙的膠帶。他患有多種長期性頑疾，周身莫名其妙的痛楚，行動不便，又窮又老，可說是生無可戀了。以前有老妻相伴，還可以互相提攜，相濡以沫，如今比他年輕幾年一向健康的妻子，反而先走，癌症總是無聲無息的殺手，這樣倒好，免得飽受病痛的折磨。

想不到路過地鐵站出口站，聽到賣藝者的演奏，而且竟然是他熟悉不過的樂曲：夏日最後的一朵玫瑰，這也是妻子賣藝時常拉的樂曲。可以說是為他而拉奏，因為他很愛聽此曲。於是他記起亡妻對他叮囑過的說話，遂打消今晚燒炭之念頭。

當他得知老妻患上絕症，命不久矣時，他就堅決表示會跟她而去，她在病床沉思了許久，於是理智地說：「我們都是老夫老妻了，我不贊成你為我而殉情。但如果你忍受不了貧窮老病，與及孤苦伶仃，那也沒有辦法。你的確沒有照顧自己的能力，單是服藥，就常常弄錯，我走了，的確是令我很放心不下。」

他聽了頗為慚愧，何止服藥他處理不好，生活上一切都由她打點和安排。這也難怪他，藥物那麼多，時間和種類又各各不同。而最為重要的是，生計完全依靠她的賣藝，她走了之後，他的生活頓成問題。

她終於走了，比醫生所估計之還有三個月長壽命短得多。她彌留時最後叮囑他：「阿寧，你要堅強活下去，如果不能，你在悼念我一百天之後，才可以作決定，最好你能拉好我教你的夏日最後的一朵玫瑰，你不是很喜歡這首曲的嗎？你要代我賣藝，你更要在我的遺照前常常拉這首曲給我聽，那我在天之靈也會欣慰的！」

老妻的離去，令他悲痛欲絕，也忍受不了孤苦伶仃，劏房內一切依舊，她的枕頭，她的衣服，她的鞋襪，她的日用品，還有那具小提琴，全都原處安放。他只記着悼念她一百天，就可以追隨她而去。今天就是一百天，在這最後的一天，他走遍曾和她走過的地方，晚上就點燃早已準備好的炭和罐，然後安寢，在夢中與亡妻相會。

在經過深水埗地鐵站出口時，見到這名賣藝者，演奏竟然是這首他心愛的樂曲，功力比老妻更有過之。於是他記起老妻臨終時全部的遺言，其實所謂悼念她一百天，只不過是要沖淡他的哀傷吧了，打消其自殺之念頭。更重要的是要他拉好曾教他的這首曲，好去賣藝，以及在常常在她的遺照前，拉奏給她聽。而拉好此曲，是需要頗長的時日！尤其是對他而言。這是她對他的一片苦心，他怎能辜負她的苦心呢？

是的，只有他活着，她才能活在他的心中，當他拉奏出這首曲，她才可以活在世上，才有人會懷念她！如果他也走了，她也就完全在這個世上消失了。所以他無論如何艱苦也要活下去！而且原來他並不孤苦伶仃，遺照的她不正是望着他，和要聆聽他的拉奏嗎？

他凝視着她的遺照，她的微笑似是高興他終於了解她的心意。於是他恭恭敬敬地取下她的小提琴，對於此曲，她生前細心地逐節逐段地指導他，並寫下簡譜和不少各種符號，好讓他明白和有所依從。其實亡妻還會演奏許多曲譜，而他只喜愛或只懂得欣賞這一首，但總是學不上手，拉得不流暢。

他對着亡妻的遺照，逐個逐個音符地拉奏起來，雖然不大連貫，但總算成調，假以時日，必定成功，何況如今他專注又用心得多。他覺得這首曲正是他一生的寫照，現在拉奏出來，更是感慨良多，每一個音符，都勾起他的前塵往事，雖然是平凡又坎坷的一生。

三

他差不多是個孤兒，在記憶中完全沒有父親的影子，母親的容貌也不大清楚。是外婆撫養他長大的，據外婆說，他的母親未婚就生下他，不及一年，其父就離家出走。五六歲時開始交由外婆撫養，其母許久才來探望一下，其後蹤跡杳然，不知存活。外婆在酒樓做清潔，早出晚歸，他可以說是獨自過活，無人管教，自然終日遊蕩，什麼功課都拋諸腦後。

其後外婆跌倒，手腳不大靈活，被酒樓辭退後，再也找不到工作，改為拾紙皮維生。一晚深夜，外婆推着滿載廢紙的手推車過馬路，被高速的跑車撞死。外婆的公屋被收回，於是他就流落街頭。那年他是十五歲。

他做過不少工作，大都是茶餐廳、搬運、跟車、倉庫、速遞等，但都做不長久，居住更無定所。有錢時住劏房，籠屋，無錢就露宿。他嗜好煙和酒，這也是他唯一的人生樂趣，他無親人亦無朋友，當他感到不快和寂寞孤獨時，就更需要這兩種東西，所以不會有餘錢。五十歲前就是這樣度過。

有一年聖誕節晚上特別寒冷，他以酒來禦寒，這是心理上及肉體上的雙重寒冷，結果醉倒街頭，浸在冷雨中。快要凍僵時，被一個好心路過的女人救回家中，並且肯收留他，條件是他必須戒煙戒酒。這一年他大概五十一二歲。他從未嚐過什麼家庭溫暖，或什麼人世間溫情，現在竟然有人關心他，而且是個陌生女子，他非常感動，認為這是聖誕節才會出現的奇蹟，這也是他畢生最大的奇遇，於是義無反顧地戒掉煙酒。

這個女子名叫文英，在酒吧或酒廊彈鋼琴及拉小提琴維生，有時單獨演奏，有時伴奏。聖誕節那一晚工作至深夜，回家途中下起雨，寒夜，冷風冷雨，屬於他人熱鬧的節日，自己卻是一個年華老去的孤單的女人，又要工作至深夜，晚晚如此。回家時聽着自己孤獨的足音，真的很不好受，而美好的回憶，反而加深她的痛苦。

就在這時，她發現一個滿身酒氣的男子倒臥在雨水中，她本想不管閒事，但若任由他躺臥下去，必定凍死，即使打電話報警恐也來不及救援。她明白有酗酒惡習的人，大都有不幸的遭遇，她自己就曾有此惡習而毀了大半生，她出於同情和自憐，將他救回家中，並且收留他，只要他能戒除惡習。想不到數十年的煙酒惡習，他一下子就戒掉了。使她驚奇又佩服。

她介紹他在酒吧做雜工，在她家裡住下去。這是他五十二歲才有一份長工，和一個安定的居所。其後他們同居，最後正式結成連理，她比他年輕五六歲，雖然是新婚，兩人都可以說是老夫老妻了，過程一點也不浪漫，大概這就是人生。

她也有一個不幸的故事，但她的出身比他好得多，她生長於中上家庭，受到良好教育，在音樂學院深造，她的小提琴和鋼琴造詣都很不錯，可惜不能單獨擔綱演出，也從來沒有發揮的機會。她認為是受到打壓和不公平對待，她只能在樂團中做一名普通的小提琴手，一直鬱鬱不得志。她孤芳自賞，冷眼旁觀那些到處鑽營和趨炎附勢的樂手，更不屑和這些人去競爭。

於是她轉而尋求愛情的慰藉，她愛上一名叫張力的大提琴手，她認為他的技藝非凡，要將他引進入樂團，但不被接納。這又加深她對樂團的不滿。

她和張力同居幾年之後，他依然找不到工作，這地方太細了，容不下一個傑出的大提琴手。對方不甘雌伏，他認為唯一的出路是到外國深造，然後在當地找機會，屆時也接她到外國，共同去闖天下。她同意這個大計，何況屈身在這個樂團中，她永無出頭之日。以他的技藝和修為，果然得到朱利亞音樂學院的取錄，可以說是成功了一半，這是最高的音樂學府，能夠入讀深造，資質已被認可，亦可以說是鍍了金，不過費用也很可觀。

於是，她將父母遺留下來，也是她當時居住的住宅抵押給銀行，借得款項供他到外國深造。她認為他的技藝早可以獨當一面，所謂「深造」，只不過是要取得學歷而已，能進入朱利亞音樂學院，更是喜出望外。她有信心幾年之後，愛侶將會一鳴驚人，一飛衝天，那時她也來到他的身邊，一個大提琴手，一個小提琴手，揚威異域，真的琴瑟和諧，其樂如何！

三年過去，一切都依照計劃進行，對方也常傳來佳訊，他的技藝和學養受到各導師的讚許，而且不時有機會參與演出，還有一年即完成學業。只要畢業後，立即有大機構和他簽約，居留權會破格給他，屆時申請她來團聚絕無困難。她慶幸自己慧眼識英雄，對樂團更不放在眼內。

剛巧這時樂團換了新指揮，比舊的更不堪，她向當局投訴此人處事不公，用人惟私，甚至中飽私囊，浪費公帑。事情鬧大的結果是她被辭退，新指揮地位穩如泰山，他除了後台夠硬之外，任何團體和機構，都是維穩至上，將事情公諸於世，更是大忌。何況她凡事投訴，與其他樂手格格不入，早已列入黑名單。

沒有穩定收入是第一波，第二波是沙士疫症，樓值大跌，銀行追討貸款差額，原來每月還債供款已無力，如何能填補樓價差額？愛侶之學費和生活學費早已付之闕如，對方不體諒她的處境，只是怪責她為何不設法供他完成最後一年的學業。在電話中吵了幾次之後，最初是她不接聽他十萬火急頻頻催款的電話，最後則是他不再接聽她的電話，他們近十年的恩情就此斷了。

跟着是銀行收回她的居所拍賣，樓價大跌，根本資不抵債。她搬到狹小的單位，以教小提琴及鋼琴為生，收入不穩定，環境由中產跌至低階層，她開始飲酒，但酗酒只會令她的境況更惡劣。她常常醉醺醺去教琴，亂發脾氣，打罵學生，甚至嘔吐狼藉，大戶人家不敢請她，琴行也敬而遠之。

她被逼去戒酒會求助，反反覆覆進出戒酒會十多次，才終於戒掉此惡習。最後她惟有在酒吧及酒廊演奏來維生。

對她的遭遇他大表同情，不無惋惜地說：「我以為只有貧窮人家才會生活上諸多不幸，想不到妳出身如此良好，又是藝術家，職業高尚，受人尊敬，生活寫意，何必多生事端。」

「生而為人，不論貧富都會有所追求和尋求發展，有追求，自然就有挫折。真正的藝術家必定會追求完美，真誠，正直，抱有赤子之心。我討厭品格卑劣的人，何況是藝術家，遇見不平不合理之事，我自然要發聲。但即使是安份守己的人，他們也不見得活得開心。而所謂藝術家，有更多的是偽術家，他們比一般人更市儈，更好名利，更俗不可耐！」

他聽起來似懂非懂。

「不要說樂團這個充滿名利的小圈子，我曾在不少大富大貴的人家教過琴，他們有獨立的平房，私人泳池，花園，花圃，甚至還有網球場，他們可以說是人上人，但他們的家庭都不見得開心快樂，及至我酒吧酒廊工作，來買醉的人表面輕鬆，高歌暢飲，其實大都是心事重重的。你和我不都是受到過酒精的毒害嗎？」

說到酗酒，他曾身受其害，自然最清楚不過了，心有同感地說：「原來不論貧富，不論職業高尚或低下，許多人都不快樂。」

「這就是人生！」

「妳為什麼肯和我共同生活？」他奇怪地問，是的，他們的背景和學識都相差太遠了。

「我喜歡你單純。」她直截了當地說：「你幾十年的煙酒癮，我一句話，你就能夠戒掉，而我這個所謂有知識，自以為看透了人生的人，單是戒酒，就折騰了近十年！」

「妳是我遇到唯一關心我的人，為了留在妳身邊，自然非戒除惡習不可了。坦白說，我戒得並不容易，頭一兩年，我好幾次要離開妳，為的是可以再吸煙和飲酒。我知道這樣做，是死路一條，我死不足惜，但怎能令妳失望呢？」

「總之你克服世上兩種最難戒的惡習，證明你有一顆赤子之心，你是一個品格善良的人。當然，還有一個原因，我們出身雖然大不相同，但有一個共同點，我們都是很寂寞又孤獨的人，我們都老了，我們須要走在一起，才可以互相取暖！才可以對抗這個冷酷的世界。」

對於這一點，他絕對同意，也許更是他能戒煙酒之主因，只不過是他想不到而已，現在經她說出來，他才心有同感。

四

丁寧在接近六十歲時，身體就急速轉差，他的肺、肝、腎、心臟、血管等毛病百出，他雖然已戒掉煙酒，但數十年前種下的病毒，隨着年老而逐漸出現。何況他前半生居無定所，餐風宿露，日食不飽，衣不蔽身，身體早已敗壞。他不能做粗重的工作，酒吧一箱箱沉重的酒盤，他無力搬動，收入完全靠她。

而酒吧及酒廊之文化亦開始轉變，鋼琴固然容不下，小提琴也嫌多餘，甚至是吵耳。她的年紀也太大了，酒吧怎會容得下年老色衰的賣藝女人呢！最後淪落到街頭賣藝，他就負責向路人收取打賞。路人與其說是欣賞她的技藝，倒不如說是可憐這一對頗有風格的衰老又貧苦的夫妻。

他們由居住細小的單位，搬到劏房，生活困頓之極。但她卻不以為意，甚至似是甘之如飴，每次賣藝時都是全力以赴，一絲不苟，沉醉於自己的琴聲中，她唯一的遺憾乃是無幾會再接觸鋼琴。有一次問她：「阿英，妳對如今的生活會不會後悔？」他這樣問是有雙重意思，其一是否選錯了音樂這冷門的職業，又和樂團鬧翻；其二是他對她像個負累，尤其是如今他百病纏身。

「不錯，當我進入音學院時，父母就勸阻過我。他們說很高興我喜歡音樂，但作為職業則不贊成。他們認為要有穩定的工作和收入，才可以發展興趣，這樣方是長久又穩健的方法。他們無疑是有一定的道理。但我堅持興趣和職業一致，方是理想的人生。當然，我很有野心，不甘平凡地過一生，音樂令我有機會出人頭地。對此，我父母是無法了解的。」

對於這一點，丁寧也是無法了解的，安穩舒適的生活不就是理想的人生嗎？

「我愛好音樂，並且有機會能夠演奏，我認為已很足夠，當然如果廣為人賞識，並且還可以名利雙收，那就最好不過了，但這是可遇不可求之事。有一點我是很清楚的：我追求的是興趣，是藝術，不是名利，當然，如果有名利，我欣然接受，但不是我最終要追求的東西。」

他聽了也是似懂非懂，只是內疚地說：「可惜我是妳的負累！」

她撫摸着他骨瘦如柴的手說：「阿寧，你絕不是個負累！我能遇到你，是我的幸運，人是不能單獨過活的，你給我很大的安慰，不再感到孤單，不再感到寒冷，這已很足夠了！」

他們大多是在晚上賣藝，這會較為清靜一點，所以往往避開吵鬧的地方，雖然這些地方打賞會比較多。她主要是選擇小公園，細小的休憩角落，最多的是在新填地街，旺中帶靜，適合她盡情發揮她的技藝。她一向只為小眾人士而演奏，只要夠生活就行了，所以她的確是有一批知音人，雖然不多。

他終於明白什麼叫孤芳自賞，她就是一個這樣的女子，他不明白為什麼社會容不下這樣的一個女子，社會又為什麼要放棄這樣的一個女子？他曾憤憤不平地這樣問她。

她沉思了一會，說：「音樂是最精緻的文化，是最貴族的文化，而這個世界進步的只是物質文化，精神文化反而退步，更可以說是每下愈況。以前富有人家，間中還會有附庸風雅，如今連這一點也絕跡了。你看那些所謂豪宅，不要說沒有鋼琴，即使是擺設也好，連書櫃書架也欠缺，這是個愈來愈粗俗的世界。這是大勢所趨，沒有辦法。我選擇了音樂，而音樂為我帶來喜悅，這就足夠了。」

在她演奏眾多的音樂曲中，有一首他頗為喜歡，於是她向他詳盡解釋此曲的作者，與及來龍去脈，但他只記得這曲名叫夏日最後的一朵玫瑰。他覺得這曲的名字很美麗，很適合她，於是說：「阿英，妳就是夏日最後的一朵玫瑰！」此話有雙重意思，除了是讚美她，還有暗示她是碩果僅存的精緻文化人。

她有甚得我心地笑了，乘機問他：「阿寧，既然你喜歡此曲，要不要學？」

「我當然很想學，但我完全無文化，連起碼的曲譜也看不懂，而且我也太老了，正所謂臨老學吹打，來不及送終了！」他惋惜地說。

「世上無難事，只要你有興趣就行了。年齡也不是問道，其實也不必由讀曲譜開始，我可以用最簡易的方法來教你。」

於是她細心教他拉奏此曲，他亦努力學習。她是夏日最後的一朵玫瑰，他珍惜這朵玫瑰，自然非要學好這首曲不可！

五

丁寧由午間回家，即開始不知疲倦地勤練小提琴，已不知過了多少時間，彷彿要追回那已荒廢了一百天的光陰。直到隔鄰有人敲打那堵板間，這才醒悟現時已過了深夜十一點，連忙抱歉地放下小提琴。這時亦感到飢腸轆轆，早已過了晚飯時間。

他煮了個即食麵。在進食時，瞥見那袋炭和鐵罐，明天他將會把這些東西丟到垃圾站去。他很感謝那位青年的賣藝者，希望能再遇見他，向他致謝，並向他請教此曲細微的地方，正如他的亡妻所說，此賣藝者也是個精緻文化的同行人！值得他尊敬。

烈日——石峽尾舊區的故事之六

一

陳二武來到H座，抬頭往上望，但見曬衣服的竹竿從各層樓伸出來，掛滿了各式各樣的衣物，色彩繽紛，有如萬國旗那樣飄揚着。這景觀他早已見慣了，不以為異，不過今天太陽特別猛烈，曬晾的衣物就更多，壯觀之至。

他右手的食指和拇指扣成一個圓圈放在口中，提氣一吹，發出呼嘯一聲，但三樓角隅那個鴿巢式的單位卻毫無動靜。於是他再吹兩下，終於李貴的頭冒出來了，是一位年紀和他相若大概十八九歲的少年。

「什麼事？」

「下來吧！」他說完轉過身，朝着地上一個空啤酒罐一腳踢去，它彈起，劃出一道半弧形跌在路中央，罐底反射着陽光，向他瞪着，他亦向它瞪着，而且期待着，一輛小巴駛過，將它輾得扁平，他這才滿足地收回視線。

這時李貴來到他的身，問他：「怎麼樣？」

「有沒有錢？」他反問。

「有！」李貴爽快地說，但隨即補上一句：「這是我的全副身家：一個大餅。」並掏出一個一元硬幣，用拇指一彈，硬幣翻着筋斗彈起，然後又翻着筋斗落回他的手中。

「我身家比你多一倍。」陳二武掏出兩枚一元硬幣，然後單手將它們耍雜技地逐一輪流往上拋着又接着。

「小兒科！」李貴輕蔑地說：「看我的。」他將一元硬幣平放在右手指背上，平伸四指不停地上下擺動，那枚硬幣就靈活地在他的指縫間上下翻騰，又左右地走來走去。

陳二武頗為佩服，但口中卻說：「轉來轉去還不是得一個大餅，有什麼用？我們去搵真銀！」

轉過兩座徙置區大廈，他們來到一個球場。環繞着球場的鐵絲網都銹壞了，龍門東倒西歪，另外兩邊的籃球架搖搖欲墜。幾個小童玩籃球，高聲喧嘩。吵聲和猛烈的陽光令他們皺眉，又沒有風。他們拖着影子向幾個小童走去，剛好籃球飛過來，李貴一伸手就將籃球抄在手中。陳二武則雙手叉着腰。

「唔該，俾番個波給我們。」其中一個年紀較大的小童向他要球。李貴斜視着他，仍然不動地拿着，兩人對峙，其他的小童亦突然靜下來，敵意的眼光彼此注視着。他們不怒而威的神情懾服住這六個小童。

「我可以俾番個波給你們，但要交費用，這個球場是我們的地盤，你們在這裡玩，就要繳費，最低入場費二十元！」李貴說。

「我們沒有那麼多的錢！」各小童差不多異口同聲地說。

「請酒不喝，就喝罰酒，搜身，搜到的財物全部充公！」陳二武喝道。

眾小童驚叫一聲正想散走，陳二武擋住他們的去路，手中已多了一把彈弓刀：「給我站住！」

他們驚得呆了。

李貴將籃球拋給陳二武，他左手接住，右手仍然握住彈弓刀。李貴逐一搜他們的口袋，一共只得十一元八角，這些小童都是貧窮人家，有的身無分文。無錢的小童被重摑了一巴。

「太少錢了！」陳二武輕蔑地說，一邊用彈弓刀慢慢地刺入籃球去，一邊欣賞他們失望的神情，當他把刀子拔出來後，籃球就逐漸乾癟下去。

陳和李帶同這十一元八角的收穫揚長而去，留下這個洩了氣的籃球，和一群失望的小童。

陽光猛烈地泛濫着。

二

天上的白雲浮動着，這艘豪華的遊船亦浮動着，船欄柱纜的銅柱奢華地閃爍着金色的陽光。炎陽雖然強烈，但海風是涼快，尤其是在暢泳之後，躺在甲板又厚又大的毛巾上，讓船輕拋着，是頗為愜意的。

「海倫，這是我最後一次在香港度假了。」彼得摘下太陽眼鏡說：「一年後，我父的電腦工廠就由我完全接手管理。我雖然是攻讀尖端電腦科技，但行政管理我一竅不通，我想修讀一年商業管理才接手，妳認為如何？」

「我絕對贊成。」

「但這樣我們的婚事就會押後一年。」

「押後一年不成問題，事實上，我爸爸的晶片公司也很需要你，你能攻讀行政管理就最好不過了。結婚後那時我們可以一同打理爸爸的公司。」海倫這樣說，就是要他婚後來香港和她共同生活了。

「我很想能為妳父效力，但我不能丟下在美國的父母和工廠。」彼得為難地說。

「爸爸媽媽只得我這個女兒，他們也很喜歡你，但不想我遠嫁異域，而我也不想遠離他們，他們希望我倆結婚後，一同留在香港。」她苦惱地說。事實上他們情投意合，萬事俱備，而遲遲不能成婚，就是解決不了是男的來香港，還是女的去美國。

他們沉默地仰望着天上的白雲，本來一切都十分之完美，兩人都門當戶對，又都是高學歷專業的青年才俊。只是兩家人的事業根基，一個在美國，一個則在香港，而兩人又都是獨生子女，都要接手自己家庭事業，和陪伴自己年老的父母。

「我有一個解決辦法，這辦法兩全其美。」彼得胸有成竹地說。

「什麼兩全其美的辦法？」海倫大為高興地問。

「其實很簡單，由我在美國的電腦工廠，收購或合併妳香港的晶片公司，不就行了嗎？當兩公司合併成功，我們兩人的合併也就水到渠成！」彼得得意地說：「屆時接妳父母到美國，兩家人同居豈不是大團圓的結合！」

海倫聽了眼睛大放異彩，高興地說：「對極了，我們兩公司的產品可以互相配合，早就應該合併了！為什麼我們不早一點想到呢？」

「收購或合併不是簡單之事，而且是異地收購，其次要等到我接手公司之後才方便進行，而我至少也要等兩年才能大權在握。」

「兩年不算太久，至少可以解開這個死結，何況你也要攻讀一年公司管理。彼得，原來你來香港渡假，乃是視察我爸爸的公司，然後提出此合併計劃！」海倫佩服地說。

「我主要是見妳嘛！自從妳學成返香港後，妳甚少來美國了。」他抱怨地說，她是他唸大學時的同學，也是從那時起他們共浴愛河，其後訂婚。男女雙方何止才貌雙全，家底也旗鼓相當，不過說到公司價值，當然是以美元來計算的一方佔多，他們真的是佳偶天成。

「爸爸的公司事務煩多，不容易抽身。我們已訂了婚，不必時常見面。」

這時他神情凝重地說：「其實我這次來香港，還有一個重要的任務。」

「什麼重要任務？」

他欲言又止。

「說嘛，是什麼重要任務？」

「我說了出來恐怕會影響妳對我的觀感，甚至我們的婚事。」他有些後悔地說。

「真的這麼嚴重？我們差不多是夫妻了，有什麼事不能對我說呢？愈是嚴重之事，愈要坦誠向我說明。」

「海倫，妳說得對。」他同意地說，正是醜婦終須見家翁，於是說了出來：「這次來香港是要找尋我的親生父母！」

「你的親生父母在香港？」她也大感意外，亦有些不大明白地說：「那你在美國的父母……」

「原來他們是我的養父母，我出生不足一個月就由他們領養，也視我如同己出，我一直不知此事，直到最近他們才對我說出真相。」他說得有些惘然，又有些失落感。任何人對突然顛覆了自己的身份，都會有此感受。

「為什麼他們要說出這一個秘密呢，一切都不是很好的嗎？一直都相安無事，你父母……他們為何要自找煩惱呢？」她難以置信地說。

「我也不明白，不過，他們說做人不要忘本和守信，也是他經商一貫的宗旨。我養父母不能生育，我親生父母甚窮困，我出生後無力撫養，將我送給他們，不久全家移民美國，離開香港時，答應過我的親生父母，日後我長大成人，必定向我說出真相，並且要我回來找尋他們，與及相認和團聚！」

「你的養父母果然很守諾言，品格也很高尚，沒有半點私心。許多人都說生娘不及養娘大，你的確十分之幸運！」

「是的，妳說得對，我的確是很抗拒這件事，我對真相全不感興趣，對親生父母更全無感覺。我是被迫我來香港找尋他們，一再叮囑，鄭重其事，非要找到不可，我不能逆其意。我的生父名叫陳榮，生母名叫王金女，居住在石硤尾徙置區G座二樓，至於單位的號數則忘記了。但這是二十多年前的住址，不知他們是否仍在該處居住。」

「我在香港長大，對各區都瞭如指掌，有地址就能找尋，石硤尾就在市區，容易之至。我立即帶你去訪尋，即使他們已搬遷了，有姓名也可追蹤得到。」

「原來我是窮苦人家的兒子，妳會否後悔和我訂婚？」他擔心地問。

她哈哈大笑，說：「這是什麼年代，還計較門第和身世？我愛的是你，我才不理會你的父母是皇室或是乞丐！」

他舒了一口氣，但隨即又有些顧慮地說：「如果我找到親生父母，養父母要接他們到美國，一同居住，那時我有四名父母。我們結婚後加上妳的雙親，家中就有六名老人，妳應付得了嗎？」

她笑得更是花枝招展，說：「你紐約的獨立House八千多呎，還不夠住的話，那麼唯有住你德州的大牧場好了。至於照顧老人，你和我都非專才，不過美國的護理和醫療人士，比任何地方都要多和先進，你還有什麼擔心呢？」

「妳也說得是，若是早知妳不介意我的身世，我及早說出來就好了，不用猶豫不決，和諸多顧忌，更不用平白浪費了十多天的時間。」

「不錯，如果你能去掉此猶豫不決的性格，你就十全十美了。」她別有意思地說。

他為之苦笑，他聽得出她是有些諷刺他在婚事上的耽誤。

「坐言起行，我們現在就去石硤尾徙置區找你的親生父母。」她跳起來，正要命令船員回航。

「那也不用急在一天半日，明天才進行吧。」他止住她，並指着前面無人的沙灘說：「這個沙灘多美麗，沙幼細又潔白，在美國很難得有如此幽美的沙灘，我們游過去吧。」

「香港四面環海，島嶼又多，這樣的沙灘多得很。」她早已見慣見熟，何況她有遊船，什麼幽靜的沙灘都已探索過了。

他們以優美的跳水姿態躍入水中，向着沙灘游去。

三

「我早已說過，來郊野是毫無意思，又曬又熱，搭車又困難。」李貴埋怨地說。

「但呆在家中實在太悶了，地方狹窄又多雜物，最煩者是老媽子，她總是埋怨我不去找工作，又說我不務正業。她託人為我找到一份遠在觀塘區的工作，日薪只得九十元，我當然不會去幹！」陳二武輕蔑地說，也被炎陽炙得煩躁不安。他覺得什麼也不如意，連郊野也是熱得要命，竟然一點風也沒有，他也後悔主動提議來郊野。而搜劫得到的十多元，早已花光了。

「這裡是什麼地方?人影也沒有一個。」李貴奇怪地問。

「我也不知道是什麼地方，你說若然去郊野，就要尋幽探勝，要到一些我們從未去過的地方，這不就正是完全陌生的地方了嗎?」

「所以你就胡亂跳上一輛駛往郊野的巴士，又漫無目的走到這裡！這真是太無聊了，我錯跟了你。」李貴在不快中沒好氣地說，而且別有含意，他的母親常常規勸他，不要和陳二武交往，她說此人會帶壞他。是的，陳這個人作姦犯科，盜竊高買，欺凌弱小。但她不明白或忘記「物以類聚」這句話，而對自己寶貝兒子之助紂為虐的行為，更視而不見。所有慈母都認為自己子女「學壞」乃是誤交了損友。

「做人根本就很無聊，所以要在無聊中找尋樂趣和刺激。」陳二武找些話題來說：「我不是獨生子，聽老媽子說，我本來還有一個哥哥……」

「我知道，你已說過多次了，你哥哥出生不久就送了給別人，所以你叫陳二武，你哥哥叫陳大武。」李貴搶白地說。

「我只是說了一部分，所以你知其一而不知其二，其二才是最重要。」

「如何重要？」李貴有些好奇了。

「老媽子說收養我哥哥，是一對不育姓張的夫婦，所以十分疼惜我的哥哥。他們經營家庭山寨式電子零件，受制於人，在本地難有作為，其後有親友邀請他們往美國共同發展，所以就趁機移民。移民前對我父母說，日後我哥哥長大之後，必定會告知他真相，並會要他回來相認親生父母。」

「這有什麼重要？」李貴聳聳肩說。

「姓張的夫婦在美國經營電子零件生意，如今高科技產品大行其道，這些產品都需要電子零件，姓張的生意必定十分賺錢，甚至已發了大達。我哥哥自然承受其產業和財富，當他回來相認親生父母，我一家人就不再貧窮！」陳二武說到這裡兩眼發光。

「聽說你哥哥大你好幾年，那那麼他們移民美國已二十五六年了，他們有聯絡過你們嗎？你們有他們的消息嗎？」

「沒有。」陳二武無奈地說，但補上一句：「老媽子說他們很守信用。」

「這就是了，你說的所謂重要，根本就毫無意義，第一，他們未必發達，第二，即使他們真的發達，也未必守諾言，或根本早已忘記了。」

「總之不失為一個希望。」陳二武自我解嘲地說。

「要這個希望，不如買六合彩吧！」

四

這時他們越過一個小山坡，就看到下邊那個半月形的沙灘，沙明水清，望見也感到涼快。

「妙極，我們來個暢泳，消暑解熱。」陳二武說，也為終於找到個好去處而有所交待。

「可惜我們沒有帶泳褲。」

「哈哈，這是我們二人世界，何必要泳褲？裸泳最好了！」

「不錯，裸泳最妙！」

不過，他們很快就發現沙灘上還有一對情侶。兩人仰躺着曬太陽，女的穿三點式泳衣，美好的身材露無遺，尤其是仰躺着，體態更為誘人。他們現在才真正領略到什麼叫「肉體橫陳」，真的令人難以抗拒，何況他們都是血氣方剛的青年。

他們逐漸地走近，有如被磁石吸引着。這對情侶仍然閉目仰躺。原來是熟睡了。他們看到遠方海中停泊一艘遊船，看來情侶就是遊船的主人。游到沙灘，倦了就索性在這軟滑的細沙上睡一會，很可能是打完一場劇烈的「野戰」，筋疲力倦才酣然入進入夢鄉呢！

他們盯着女子豐滿橫陳的肉體，慾火在炎陽下加速上升，陳二武除了垂涎女子的肉體之外，還盯着男子腕間的金錶，那是勞力士潛水金錶，十分之昂貴。慾火混合着嫉妒，令他起了莫名的憤怒和仇恨：為什麼此人如此幸運，有豪華遊船，勞力士金錶，容貌和身材都是一流的美女，自己卻困在沒有獨立廁所和廚房的徙置區，一無所有！

這時女的醒過來，突然見到兩個不速之客，色迷迷地盯着自己的身體，驚叫起來：「彼得……」男的也醒了。

他們同時拔出彈弓刀，各別抵住男和女的喉嚨。

「不准叫！」

「不准動！」

正當陳二武要脫下男的腕錶時，李貴急不及待地扯下她的三點式的泳衣，她用力推開他，轉身滾開，李貴撲上去，將她壓住，她拼命掙扎，並大叫：「不要！不要……」

這時陳已脫下男的腕錶，正要為自己戴上時，男的趁機掃腿將他踢倒，爬過去，雙手從後握住李的脖子，硬生生將他從她身上拉開。李發出窒息的怪叫……

陳二武在狂怒中翻身彈起，衝過去，用彈弓刀狠狠地插入男的背部，男的在慘叫聲中倒下，那七八寸長的彈弓刀直沒至柄，正中心肺部位。

烈日停在仁慈和公正的天中央，彷彿從未移動過，又一次見證了太陽底下無新事。

佩劍的信差

一

下午兩點多，是這間小型出入口公司最清閒的時候，幾個職員在剛剛吃過午飯後，均不欲工作，懶洋洋地坐着，那幾座打字機也沒有發出「的的得得」的聲音。在這個時候，阿張總是拿出一本唐詩，搖頭晃腦地吟哦起來。

他是個信差打雜，沒有資格自己擁有寫字枱，只是坐在角隅一張摺椅。此刻他意氣風發地低吟李白之〈別魯頌〉：「誰言泰山重，下卻魯連節；誰言秦軍眾，摧卻魯連舌。獨立天地間，清風掃蘭雪……」他重複地唸着「獨立天間，清風掃蘭雪」這兩句詩，彷彿自己就是清高灑脫的人。是的，其他人職位雖然比他高，卻俗不可耐，他們除了賭狗賭馬和搓麻將之外，什麼也不懂，他從心底下鄙視他們。

「阿張，斟杯茶給我！」李主任在另一邊叫他，並且重重地用杯子桌上玻璃桌面敲了一下，說：「有空也不學英文，和學打字，沉沉吟吟，鬼食泥般做什麼？」

阿張屈辱地放下那一本捲皺的唐詩選集，剎那之間他之清高和瀟灑煙消雲散，當他去為李主任斟茶時，「巴渣妹」何小姐說：「順手，我也要一杯。」

阿張漫應了一聲，心中卻咒罵着，並且唸起李白之〈俠客行〉：「十步殺一人，千里不留行。事了拂衣去，深藏身與名。」是的，這裡每一個人皆可殺，只要某一個人要他斟茶，其他的人必定會群起「響應」。諸如他外出送信，或到郵局取包裹及買郵票時，別的人又要他買香煙汽水等，而那個打字妹，更要他買古靈精怪之零食，要到處奔波，不勝其煩。

當他為各人斟好茶之後，又縮在一角，過了好一會，屈辱感這才消失。於是他又打開這本五經堂印刷的《唐詩三百首》，隨便翻到一頁，壓低聲音唸下去：「一為遷客去長沙，西望長安不見家。黃鶴樓中吹玉笛，江城五月落梅花。」然後又唸：「梨花千樹雪，柳葉萬條煙……」於是他又飄飄然起來。但飄飄然不多久，尖嘴陳已填寫好「六合彩」，叫道：「阿張，快到投注站去落注，這次頭獎累積至兩百多萬，不可錯過！」

每次「六合彩」獎金過百萬時，全公司的人都會集資作大包圍。不過每次阿張都不會參加，反而暗罵他們：「利慾薰心，俗不可耐！」其實是他入息低微，捨不得花這些錢，事實上他們的大包圍從未中獎過。

他雖然從不參加，但卻非要到投注站為他們投注不可，誰叫他是「柯非是杯」呢。這亦是他最頭痛之苦差，投注站不特人頭湧湧，而且很容易弄錯，不特飽受責罵，有時甚至要賠錢！

「阿張，這次你非要大破慳囊不可了，彩池有二百多萬元，加上踴躍投注，很可能會有三百萬元，一個唔覺意中咗，十分之和味，不要走寶！咪話唔關照你！」尖嘴陳笑着說。

他堅決地搖搖頭，接過尖嘴陳交給他的投注金和填寫了的幾張「六合彩」，一聲不發地正要出門，打字妹「印刷西施」在門口叫住他：「阿張，替我買二元話梅。」

二

吃過晚飯之後，阿張躲在其僅可容身的板間房中，把玩其鏽跡斑斑的古銅劍，大約呎半長。兩年多前他由大陸偷渡來香港，投靠唯一的親人姑丈，除了這把鏽劍就身無長物了。他認為此古劍是春秋時代的古物，式樣與越王勾踐之劍完全相同，價值連城。他曾拿去古董店求售，對方只出價二十元，他當然不會割愛。他特自製一個小皮扣，可以將古劍懸掛在腰間，對鏡自照時常常喃喃自語：「君子無劍不能遊。」

他把玩了一會，就朗吟起來：「十年磨一劍，霜刃未曾試。今日把持君，誰為不平事？」這時有敲門聲，跟着是姑丈隔着門說：「阿張，你出來，我有事和你商量。」

他除下佩劍，返回現實。

「有什麼事呢？姑丈。」他打開房門。

「來，我們坐下來談談。」姑丈請他到客廳去。

姑媽也已經洗完了碗碟，和表妹一同坐在沙發中，連電視機也不開，看來他們真的有重要的事要對他說了。

「阿張，你從大陸來香港已兩年多了，當初你說是暫時居住，但一住就是兩年又四個月——」

「嗯，在找到工作之後，我就每月支付食宿費。」

「是的，你每月給三百元，只夠飯錢。」表妹扁扁嘴巴說。

「但……我月薪只得七百五十元，每天交通費和午飯，就所餘無幾了。」他說的是實話，他感到事情不妙，看來要增加收費了。

「唔，你明白物價騰貴就好了。」姑媽說。

「姑媽，由下月起，我每月給妳四百元吧。」他忍痛地主動提議。

「阿張，我們並不是想多要你的錢。」姑丈為難地說。

他聽到不是要他多給家用，心中一寬。但姑丈跟着說下去：「你表妹阿珍快要結婚了，未婚夫找不到房子，要來這裡住。我們地方細少，只得兩間房，事實上你住的一間房，本來是從阿珍的房分間出來的。現在要還原用作新房，所以請你遷出，我們不是不想照顧你，希望你明白我們的處境。」

「表哥，當初你說是暫時落腳，而這一落腳就兩年幾，我的一間房平白少了一半，連多買一件衫，多買一雙鞋也無處安放。」阿珍的積怨爆發了。

他本要抗議說並沒有佔去她一半房間，連三分之一也沒有，但還是不抗辯為妙，總之這裡不可能再住下，這比增加收費還嚴重得多，無可奈何地說：「姑丈，我會搬出去的。」

姑丈吁了口氣，拍拍他的肩頭說：

「阿張，你的確是個好青年，你和其他的人很不同，很喜歡看書。可惜你看的書不合潮流，甚至是與時代脫節，整天唸古代的詩詞，那有什麼用呢？香港地最吃香的是要識英文。如果當初肯聽我的勸告，放工後去學英文，兩年來用功，英文應該很好了，可以找到更佳的工作，不必一直做office boy，收入也增加。不過，現時急起直追，苦學英文，為時未晚，我的話是金石良言。」

阿張失去了居所，已經很彷徨，而最刺傷他的心，是姑丈這一番「告別訓話」或「臨別贈言」，他冷笑一下，說：「大丈夫四海為家，要搬就搬，何必多言！」

三

第二天，阿張沒精打彩地回到寫字樓，跟着要去機場取包裹，他乘機去找房子，他看了幾間五六十呎的板間房，就陷於絕望了。原來租金比他想像更昂貴，起碼也要五百多元，他根本無力負擔。看來只有入住「男子公寓」，那是鐵絲網圍住的床位，有如一個個獸籠，空間只有一張床，更無私隱可言，而最難堪的是十幾二十人共用一個廁所和廚房。

他去了大半天才拿了一個包裹回來，以為李主任一定會罵他「蛇王」了。他一踏入公司，裡面的人亂成一團，非常吵鬧，所有的人根本無視他的存在。

原來昨日他們集資買的複式「六合彩」，中了頭二三獎，一向視錢財如糞土的他，也不禁和其他的人大聲呼叫起來，但隨即又懊喪和後悔不已，因為他並沒有份，尖嘴陳還嘲笑他：「我早已提醒你，不要因慳少少錢而走寶，不聽老人言，報應在眼前！」

其他的人也對他大加嘲笑，李主任更說他福薄，說一切都有定數，若是無福消受的話，即使有橫財，也會招惹其他更大的災禍，其用意是安慰他，但他聽了更為難受。

接着他們用電算機計算一下，每人可分得四十多萬元。

全公司的人都興高采烈，只有阿張孤獨地呆在一角，真的是斯人獨憔悴，而昨晚和今朝發生之事太突然了，令他有虛脫之感，也有被遺棄之感。

放工後眾人到酒家去慶祝，阿張也被拉去，在酒席間他們得知確實的獎金數目，原來比午間時推算為多，每人竟然可分逾六十萬元。於是李主任提議將餘數二千多元送給阿張，作為打賞，他雖然沒有科錢，但每次都是由他代為投注的，李主任這樣說，各人也都同意了，也同意預先將二千八百元拿出來，由尖嘴陳交給阿張。

「嚊，阿張，以後我們買六合彩時，你一定要參加，否則下一次中了，未必有如此大的尾數分給你。」尖嘴陳一邊說，一邊將二千八百元遞給阿張。

阿張仍然呆坐着，不去接錢。

「喂，怎麼了？你不是嫌錢少吧？難道真要分六十萬元不成？」尖嘴陳嘲笑他，輕蔑地錢塞到他的手中。

一直發呆的他，這時突發被火炙般跳了起來，幾乎連酒席也撞翻，吼叫道：「無功不受祿，我不要你們這些錢！」

他雙手一摔，將這二千多元摔在酒桌上，推開了坐椅，轉身大踏步離去，這頓極其豐盛的酒食，他點滴未沾唇。

四

第二天，這一間出入口公司的人，都很遲才返工，是的，各人有了六十萬元，大都無心工作了，至少也不必那麼非依時不可，有的人甚至考慮辭職哩。不過到了十時左右，全都到齊了，反而不見阿張。而昨晚他摔錢之事，自然成為話題，有人說他有骨氣，他說無功不受祿，這與他平日迂腐的書生性格很吻合，但有更多的人認他嫌錢少，其實給他兩三萬元也是應該的，畢竟是由他投注，為他們帶來好運。

「很好，如果你們每人肯捐出五千元給阿張的話，我就捐出一萬元如何？」尖嘴陳挑戰地說。

眾人立即鴉雀無聲，無人同意或附和。

「所以呢，口說慷慨不算數，要真金白銀拿出來，才見真章。」尖嘴陳得意地說，其實他也並非真心願意捐出一萬元，只不過是戳破他們虛偽的面孔。

「慘情，今朝無熱水飲。」有人岔開話題。平日阿張是早些返工，燒水沖茶。

就在這時阿張推門而入，步伐很神氣，他腰間懸掛一把鏽劍，神情古怪之極，他傲然地橫掃各人一眼，跟着就朗吟道：「淒涼寶劍篇，飄泊欲窮年。黃葉仍風雨，青樓自管弦……」

「喂，阿張，這麼遲才返工，還不快去煲水沖茶！難道你以為自己會分到六十萬元？」尖嘴陳的話向來尖酸刻薄，正是其花名的緣由。

「不要騷擾我吟詩！誰人再對我大聲呼喝，我就殺了他！」阿張手按鏽劍，怒目而說。

一時之間，眾人都為之張口結舌。

衝力

一

李剛爬在妻的身上，有如騎師那樣跑動着，其妻也有如一匹馬那樣低吼着，她半閉着眼睛，嘴巴有時張得大大的，像離水缺氧的魚，有時則咬緊嘴唇，她極力壓抑着，不讓自己發出更大的聲音，除了擔心會驚醒身旁五歲的女兒，更顧慮會驚動其他的住客。

他們一家三口居住在這舊樓之板間中間房，稍為大聲一點，頭房和尾房的住客都會聽到，尤其是在更深人靜的時候，毫無私隱可言。

所以李剛此時雖然幻想自己是快活谷的騎師，但他不敢用盡全力猛衝，這張木床太陳舊了，稍為大力一點，就會發出吱吱咔咔的聲響，其妻也是壓抑着的。他多麼希望每次和妻歡好時，可以盡情馳騁，與及聽到妻大聲地喘息和呼叫，這才痛快。但格於形勢，兩人都做得不暢快，所以平時可免則免，非到了忍無可忍的時候，他是不會輕易「上馬」的。

李剛一直希望生活能改善，他不敢奢望，只希望有能力租住一個獨立單位就好，即使是小小的單位也好，但租金如此高昂，他無法負擔。他做了將近十年的巴士司機，每日駕駛十二個小時，收入僅可維持基本的開支而已。看來只有等待小女兒長大了，可以獨立自理，其妻復出工作，夫一份，妻一份，這也是一般小市民的過活方式，生活才可望稍為改善，但這起碼要等幾年！

他在工作上也並不如意，他喜歡駕駛，駕駛技術了得，喜歡開快車，但巴士限制車速，令他無從發揮。他最希望和最理想的工作，就是能參加每年在澳門大賽車的賽車手，但不得其門而入，只好屈就做巴士司機。

每次操控着巴士的駕駛盤，和踏着油門的時候，他就恨得牙癢癢的，恨不得拼命加油，痛痛快快地狂衝起來︰生活就是如此諸多限制，諸多不如意。近來和妻歡好時，更往往中途半軟下來，最後竟然像巴士那樣「死火」。巴士殘舊，時有死火不出奇，自己正當三十多歲之盛年，怎會如此不濟？唯一原因是太過壓抑，不能盡情奔放，又心事多多，胡思亂想，無法專心所致。

二

這次也是如此，力道開始消失，弊！又來了，他暗叫不妙，正要垂死地衝刺幾下，但反而加快地軟下來，體積隨即縮少，跟着就滑了出來。妻氣惱地盯了他一眼，咬牙切齒地轉過頭，望着沉睡的小女兒，一聲不響。他內疚地想說些解窘的話，但不知說什麼，雖然軟化了，但還未完事，欲罷不能，於是仍然緊壓着她，磨擦幾下，在軟綿綿的抽搐中，一洩如注，就在她的大腿上完結了。

他有如是一頭鬥敗的公雞那樣低着頭，坐在不快的妻的身邊，低聲地喃喃地說：「為什麼近來我會如此的呢？」指望妻會說一些安慰的話，令他好過一點。

但妻白了他一眼，冷冷地說：「你老了！」

「男人三十四歲怎算老！」他抗議地說：「是了，一定是玩得不夠痛快之故，每次都不能盡情馳騁，正如駕駛巴士那樣，不能開快車，閘住閘住，生活就是這樣不稱心，不如意，無聊，呆板，苦悶……」

「哼，三十幾歲人還不認老！」她打斷他的話：「還以為自己很年輕！怪不得你至今一事無成！」她低聲地罵他，是的，連責罵也要壓抑着聲浪，同樣地不能盡情發洩，令她更加惱火。

他不想去反駁頂撞她，半途軟化自然令她很不快，也不是第一次了。每次她得不到滿足，總是借題發揮地罵他，他在內疚之下唯有啞忍。其實她這樣的態度，令他的自尊心大受打擊，只會令情形更為惡化。

她一邊嫌惡地清理大腿上滑潺潺的液體，一邊數落他：「你做巴士司機十多年，依然故我，阿王不也是巴士司機，現在還不是自己供的士了嗎？至於阿張，他比你入行還遲了幾年，不也有了自己的小巴了嗎？而且還可以供樓，一家大小居住得舒舒服服。至於你，不說也罷！」

「我每天工作十二小時，所有工資全數給妳。」他委屈地說。

「不是全數！」她立即糾正：「你每日吸一至兩包香煙，晚飯又飲一至兩枝啤酒，這些錢若能省下來，也就很可觀了。」

「人總有些嗜好，這是我唯一的嗜好了。」他苦惱地說。

「但這是壞嗜好，浪費錢財又傷身，你未老先衰，可能就是煙酒所害，所以無錢剩！成世住板間房，我倆母女遲早被你的二手煙害死！」

三

今天李剛被編行走在郊外的路線，他精神為之大振。郊外巴士雖然仍有車速限制，但畢竟可以提高許多，而且車站少，車輛也少得多，他終於可以稍為「飛車」了！

不過到了午間時，他很快就發覺行走郊外也有其不利之處，郊外全無高樓大廈，一點遮蔭也沒有，全程都在炎陽籠罩之下，巴士的鐵殼被烤得有如火爐。何況車頭的引擎緊迫着駕駛座位，炙着他半邊身體，簡直是在受酷刑。市民都要求改善巴士服務，要求安裝冷氣，公司卻一直拖延，又威脅會大幅加價。路面的熱汽裊裊地上升，起了煙塵的感覺，總之巴士內外都是個蒸籠！也許今天特別高溫吧，起碼有三十七八度，甚至四十度！

他流了太多汗，又需要補充一下水份，他抓起那個盛開水一公升的可樂樽，原來只剩下兩三口而已，而且熱得如沸水，熨得他的喉嚨直嗆起來，他在憤怒中將可樂樽擲出窗外，他咒罵一聲：「這簡直是非人生活！」

他想起妻稱讚之阿王，由駕駛巴士到供的士，其實他是踩足兩更巴士多年，才有此成績，聞說他得了很嚴重的胃病，可能是胃癌。至於已有了自己的小巴，又開始供樓的阿張，大腸也有問題，而供樓期長達十多年呢！其他拼命加班的同事，只不過為了多賺幾個錢，但他們的身體都出現各種各樣的毛病。

想到這裡，他又為自己而感到慶幸，慶幸身體沒有任何毛病。至於行房偶然中途「軟化」，應該是心理而已，聽其自然好了，只要不再壓抑，不再顧忌，盡情狂放，則會好過來的。是的，每天駕駛巴士十二個小時，已是極限了，如果拼命再加班，恐怕賺了錢也無命享。

現在行走郊外線，雖然悶熱，但可以開快一點，冒一下險，所謂苦中作樂，找些刺激。於是他逐漸將車速加快，甚至遠遠超出巴士車速之上限！原來速度的確可以帶來快樂，尤其是可以盡情發揮駕駛技術，亦令他得到很大的滿足。

這是他第一次解除束縛，身心都大感舒暢，只覺得全身充滿活力，生氣勃勃，他快樂得忍不住引吭高歌，於是更士賣力踏油門。車速到了極限，甚至在彎角時也不減速，他高超的駕駛技術，每次都能化險為夷。

「這司機瘋了！」有乘客恐怖地叫道。是的，他們從未坐過如此高速的巴士。有人對司機喝罵，司機置若妄聞。說也奇怪，竟然有更多的乘客大聲地叫好。

「快得好！司機，你好嘢！」有幾個青年人更向司機鼓勵，他們都喜歡刺激。

是的，許多巴士司機開車甚慢，好像與巴士公司作對似的，蝸牛般爬行，半死不活，令人很不爽快，尤其是趕時間的乘客，都會心急如焚。難得遇上一個飛車的司機，令人精神爽利，自然有部分乘客叫好了。

四

當晚，李剛待小女兒入睡後，其他住客還未息燈就寢，他就急不及待地爬到妻的身上去，他開了一次快車，衝力依然存在，活力充沛。他一跨上去，即時飛馳起來，勇不可擋，他不再理會舊床所發出的吱吱咔咔的聲響，也不再壓低自己的喘息聲浪，不理會是否驚動頭尾房客。妻也大感痛快，但仍然壓低自己的聲音，同時不斷提醒她的丈夫：

「喂，阿剛不要那麼大力，你要拆掉這張床嗎？」

他喘息着說：「……不必理會這張床……阿娟，妳也不要壓抑叫聲……妳大聲地叫吧，叫呀！我喜歡聽！」他一邊說一邊更用力去狂衝猛刺。

「你瘋了，其他的人會聽到，他們還未入睡。」

「我才不再理別人是否聽到，總之我要盡情發洩！盡情享受！」他像要開快車那樣，不再受任何束縛。

他愈衝勁力就愈大，妻也忍不住呻吟起來，但隨即醒覺地緊咬着嘴唇，不再發出任何聲音。

他許久沒有如此盡情地享受過了，妻也大感滿意，當然事後也不再借題發揮責罵他。他入睡時忍不住發出得意的微笑。他奇怪妻為什麼不追問他今晚何以如此精彩，不過她即使追問，他也不會說出這個秘密。

五

當巴士離開市區，進入郊外時，李剛就吹着口哨。是的，他又可以開快車了，在口哨聲中，車速逐漸加快，加快再加快，風馳電掣，一切都在他控制之下。涼風習習，說不出之輕快，而想到今晚他爬在妻身上，大展神威，想着其每個動作的細節，與及妻大汗流淋漓的反應，他就意地笑了，口哨聲吹得更響亮了……

而就在這時出現了彎角，他也不減速，這又是他發揮技術的時候，突然迎面駛來一輛巨大的汽油庫車，他要煞車也來不及了。他驚得呆了，失去了反應，口張得大大的，口哨聲沒有了。就在這刹那之間，他勇敢地帶着全巴士的乘客，向這輛「高度易燃性」的巨型汽油庫車撞去……

快樂的補鞋匠——石峽尾舊區的故事之七

一

早上六點她就趕快起床梳洗，做好準備。今天是她兒子的大日子，亦即是她的大日子。她兒子今天行畢業禮，戴上大學四方帽子和穿上大學袍。兒子終於完成學業，雖然成績不算傑出，但畢竟是大學生，而且是香港大學。做母親又怎能不驕傲呢！

兒子能完成學業，她也終於放下心頭大石，她就只有這一個兒子，是她唯一的親人，也是她的希望和今後的依靠，母子兩人可以說相依為命。在這個競爭激烈的社會，要有良好的教育才能立足。她的兒子本來無心向學，她略施小計，才能令他完成學業。想到這裡她不禁得意地微笑，但亦有些內疚，這畢竟是欺騙了他，即使是善意的欺騙。

她打開衣櫃，裡邊都是名牌衣服，她不愁衣食，愁的只是寂寞和空虛。不過她還是很滿意，也對自己的選擇無悔，她明白人生是不能事事如意的，更無可能十全十美。這道理在她少女時，母親早就對她說過了，現在有更深刻的領會吧了。

她面對琳琅滿目的名牌衣服，她得意地微笑，又是寂寞的微笑。她應該選擇哪一件衫來配合兒子的大學黑袍來拍照。白色？那就是黑白分明，或是紅色？那就紅黑相對，又抑或是黃色，黃與黑也很特出，也許黑色高貴又樸實，但豈不是黑對黑！頭頭碰着黑，不好意頭！

她望着這些各式各樣的名牌衣，真不知挑選哪一件，原來有太多的選擇也未必是好事。她對衣鏡端詳自己的容貌，兒子大學畢業，原來自己已四十多歲了，難道這個年紀的女人就要被打入冷宮？他已許久沒有來見她了。這時電話響起來，大清早有誰打電話來，肯定不會是他，一定是她的兒子打來的，她忙拿起電話，果然不出她所料。

「媽，我爸來了沒有？」對方劈頭第一句就冷冷地問，一點感情也沒。

「德明，你爸爸……」

「如果他來了，就請他接聽電話吧！」

「德明，你爸爸不在這裡，但他會依時出席你的大學畢業典禮，而我也會準時到達。」

對方沉默了一會，然後一字一句地說：「媽，為什麼到此刻還要欺騙我呢？我知道他永遠不會在我面前出現，而妳也永遠不會向我透露他的身份。我是一個無父的孤兒！」他沉痛地說。原來他也猜到了。他不是蠢人，他是相當聰明的，否則也讀不上香港大學。

「德明，總之你現在大學畢業了，這才是最重要，我很高興，我會出席你的畢業典禮……」她這樣說等如默認了。

「媽，妳果然是欺騙了我！妳好狠心！」

她無言以應，亦感到十分之痛心，在這個大喜之日，自己至愛的兒子竟然打來這一個掃興的電話。

「如果他今天也不現身，那妳也不要現身！否則我會在畢業典禮上大吵大鬧，我會當場撕毀大學袍和大學畢業證書！我說得出就做得到！」他說完立即收線。

她拿着電話呆立，想不到兒子如此決絕。她定了一定神，希望有轉圜的餘地，忙致電他的手機，但手機已關掉，無法聯絡。她又想致電大學宿舍的電話找他，但考慮了一會她就頹然放棄了，即使他在宿舍，他也不會接聽她的電話，甚至只會更加激怒他，不知他會否作又出更激烈的舉動。

她一直盼望兒子能大學畢業，和在畢業典禮上和他合照。現在願望終於達成，但卻不能和戴四方帽穿大學袍的兒子合照，教她如何向好友，特別是她的「雀友」交待呢？

她常常向她們驕傲地說起兒子在香港大學唸書及寄宿，令她們十分之羨慕。日前她對她們說兒子大學畢業了，會和他合照，她們都說期待要看這些合照相，並為她感而到高興。

她現正衡量應否冒這個險：不理兒子的警告，硬要強闖他的畢業典禮。

但權衡利害之後，她就打消這個念頭。以他剛烈的性格，到時只有她出席，而不見他期待已久的生父現身，他真的會在畢業典禮上大吵大鬧，當眾撕毀學帽學袍和大學畢業證書。

這也難怪他如此激怒。他自小懂事的時候就追問他的父親是誰，她一直諱莫如深。其實她保守着這個秘密亦很痛苦，但她深愛與她暗中同居的男人，一個富有的有婦之夫，這亦是對方肯照顧她兩母子的條件：不能洩漏他的身份，否則就不再見她，和斷絕經濟支持。

對兒子的苦苦追問，她哄騙他說：只要他日後考入香港大學，並能完成學業，在畢業典禮上，他的生父就出現相認。果然他自此戰戰兢兢地求學，成績不算好，但總能過關斬將，終於得進入香港大學，並且順利地完成學業。她終於可以鬆一口氣，和放下心頭大石。

她深知兒子的性格，他絕非好學之人，倒是很會計算。尤其是在利益方面。他一直深信自己的生父是社會富豪名人，只要自己能夠「達標」（成為香港大學畢業生），他的生父就會出來相認，那時他就大富大貴，要風得風，要雨得雨了！她就正好利用他這個性格和心理，略施的「小計」才能大功告成。而他「奮鬥」了十多年，幾經辛苦才能夠「達標」，但隨之而來的是期待已久的希望破滅，生父是誰，倒是其次。生父不現身，亦即是不承認其合法地位，榮華富貴之夢幻滅，才令他怒發如狂。

其實昨日他已多次致電回家，興高采烈地要求和父親對話，並要她說出生父是誰，她諸多推搪，最後她唯有推說明天，亦即是今天其父才會出現。當時他已隱隱地感到不妙。現在終證實其生父不會出現，原來其母一直欺騙自己，也難怪他如斯失望和憤怒了。

她落寞地掩上衣櫃門，不能和兒子在大學畢業典禮上合照，固然很遺憾，但最重要的是他已完成學業，對此她還是感到欣慰的。不能和兒子合照以驕友輩，小事而已。人生正是不能十全十美的，每當不如意時，她就常用這句話來開解自己。

她吃早餐時看報紙，在本地新聞版中她看到一個小特寫：「大都市小人物」。這特寫每天圖文並茂地介紹一些社會底層的小人物，大多和他們的職業有關。今天介紹的小人物，特別吸引住她的眼球：標題是「快樂的補鞋匠」。

是一個中年補鞋匠的照片，他對正鏡頭咧嘴而笑，潔白的牙齒盡露，由此可見他不是煙民。對於一般手作者而言，他無吸煙的陋習的確是很難得。

他笑得很開心又那麼健康，不單是高興能夠上鏡和有記者的訪問，主要還是那份敬業樂業的精神。他坐一張矮小木凳，膝腿上鋪着工作用的圍布，正在修補皮鞋，在鞋底拉線，此技術費時費力，但比只用釘子或膠水耐用又美觀，所以他用作招徠的招牌寫着：

「佳記補鞋：請認技料正，勿貪偽工平」

他左右兩旁堆放着各種皮料和工具，以及已修妥和未修補顧客交來的皮鞋。他對記者說他在這裡（石硤尾區）擺檔已近三十年了，若連同其父擺檔的歷史，則已逾五十多年，他是子承父業。事實上這個招牌及招徠標語是由其父手寫的，他亦遵守其父的技藝和教誨，對任何顧客交來修補的皮鞋，必須做到最好，絕不苟且，更不會偷工減料。所以口碑甚好。不愁生意。

現在的問題是能夠擺檔的地方愈來愈少，最後可能因無處擺檔而被迫結業。因為他只能在舊唐樓的騎樓下擺檔，即使石硤尾舊區這樣的唐樓很多，但終有一天因重建而絕跡。

記者問他如果有一天無處擺檔，又怎樣謀生呢？他依然樂觀地說，只要有手有腳，總不致餓死，只可惜精妙的補鞋技藝因此而埋沒了。記者問他會否將此技藝傳授給下一代，正如他得自其父的真傳那樣。他說並無結婚，至今仍然是單身漢。何來下一代？

記者追問為何不成家立室，他說家境貧窮，自少跟隨父學補鞋謀生，無力正式入學，只勉強唸了兩三年小學下午班，其父也無力繼續供他而要輟學，略識之無而已，兩父子就在街頭補鞋來糊口，技藝雖然出色，但有誰肯下嫁他呢？十多年前其父病逝，他就獨力擺檔來供養老母。到了如今這個年紀，更不敢有成家立室的妄想了。

記者笑說：「你從未戀愛過，更不知戀愛為何物，生活如此苦困，又面臨無處擺檔的威脅，也過活得如此開心，有些生活無憂好端端的人，竟然每每患上什麼抑鬱症，終日嚷着要生要死，他們應該向你好好地學習。」

他靦腆地說他年輕時是戀愛過的，而且愛得很激烈。記者大感興趣追問他如何「激烈」，他笑而不答。記者問他為何「激烈的戀愛」沒有結果，他說也不知原因，大概是對方嫌他窮又無前途吧。記者又問他是否還懷念這個舊愛？他說沒齒難忘。並且承認每次想起她，他就從心底下笑出來，可能這也是他常常快樂的原故吧！所以記者就稱他為「快樂的補鞋匠」。

她對這個小人物似乎頗感興趣，重複地閱讀此特寫多次，又仔細地端詳這個「快樂的補鞋匠」的照片，幾乎連早餐也忘記進食。她陷入沉思或回憶中。這時手機響起來，她才如夢初醒地忙抓起手機，但來電顯示並非是兒子打來，她頗為失望，是她一位「雀友」打來的。她默想了一會如何應對，這才接聽。

「喂，伊華，妳在哪裡？妳兒子的畢業典禮完了沒有？」

她故意沙啞着聲音，並且咳了說一兩聲才回答：「海倫，我在家裡……」

「妳仍然在家裡？妳今天不是要出席妳兒子的大學畢業典禮的嗎？」

「我本是要出席的，但我起床時就頭痛欲裂，全身骨痛又乏力，喉嚨痛、咳嗽、鼻塞但又鼻水長流，可能是感冒吧。」

「嘩，何止感冒，很可能是豬流感！」

「我也有此擔心，所以不敢出席兒子的大學畢業典禮，以免傳播開去。」

「真掃興，我們本要看妳和兒子戴四方帽的合照，一同吃午飯，然後去咪咪家裡打牌。咪咪還叫女傭準備豐富的晚餐為妳慶祝，現在主角有事，散了！」

「對不起，海倫，請代我向各人致歉！待我痊癒由我請客陪罪好了。」

「妳現在快去看醫生，然後留在家裡自我隔離七日！」

「遵命！」

她收線後就匆匆吃完早餐，將報紙這頁「大都市小人物＞之「快樂的補鞋匠」特寫珍之重之收藏好。然後打開鞋櫃，裡面各式各樣的名牌鞋子也是琳瑯滿目，她要找一雙有破損的鞋子，但遍尋不獲。

是的，不要說有何破損，鞋子只要是陳舊或過時了，她早就將之扔掉或送給女傭。又怎會有破爛鞋子留在鞋櫃。原來要找一雙即使一隻爛鞋也如此困難，她為之苦笑。

最後她唯有向她的菲傭求助，問她是否有破損的鞋子，愈爛愈好，愈多愈好，菲傭初時莫名其妙。她解釋說是可以免費代為修理，菲傭這才喜孜孜地搬來一堆爛鞋。她見了這些爛鞋如獲至寶，比菲傭更加開心。也不嫌骯髒親自放入膠袋，然後挽着膠袋立即外出，看得菲傭瞠目結舌，甚至有些懷疑女主人的精神是否出了毛病。

她駕車往山下去很快就過了隧道，直往石硤尾區進發，這區的街道她瞭如指掌，雖然有不少的舊樓拆掉重建，仍然是全港九最破落的地區，但她對這些舊樓反而頗有親切感。這時她放慢汽車，不直接駛去目的地，在附近泊了車。

當她下車時，猛烈的陽光和迫人的熱浪同時向她撲來，於是她戴上太陽眼鏡，拿起那袋爛皮鞋，不過隨即又放下，只取出其中一雙，把其餘的留在車上，然後徒步往目地走去。轉過一個街角，來到一列殘破的舊樓，果然那個「快樂的補鞋匠」就在其中一幢舊樓的騎樓下擺檔。

他正為一雙已修理妥的皮鞋塗抹鞋油，然後將之打磨得鋥亮。是的，他手工固然一絲不苟，而且還額外地塗油打磨之後才交還給鞋主，他對每一雙爛皮鞋，都有如藝術品那樣來處理，令顧客讚不絕口。

她就近地端詳着他，原來他的頭髮有些花白，這在報紙的相片是看不見的。皮膚有點黝黑，滿臉風霜，這是在街頭討生活的人之共同點。不過倒是健康又結實，他工作時熱誠、專注又開心的神情，令人肅然起敬。

她的眼睛不明所以地浮出了淚水，幸而她戴了太陽眼鏡。

這時他抬起頭來，見到一個打扮入時又美麗的中年女子站在旁邊注視他，似乎對他的工作頗感興趣，同時亦看見她挽着一對皮鞋。於是笑着問她：

「太太，妳要修理皮鞋？」

「是的，」她忙說：「這雙皮鞋可以修補嗎？」

他接過來看看，說：「當然可以修理，右鞋只要加一個鞋跟，左鞋則要換鞋底。」跟着就報了價錢，她表示同意。

「兩天後完工，有沒有問題？」

「多少天也無所謂，我並不急於穿着，隨你工作方便好了。」

「那就兩天吧。」

兩天後她來取回已修補好的皮鞋，並且又帶來另一雙要修補的皮鞋，然後又是一雙接一雙地帶來皮鞋讓他修補。

終於他高興地說：「太太，妳很惜物又環保，十分之難得！」

「何以見得？」她樂於和他交談，事實上這也是她期待着之事。

「坦白說，現在很多人只要鞋子偶有破損，就索性棄之而毫不珍惜，怎會麻煩拿去修理？以太太之經濟能力，仍然不拋棄每一雙破舊的皮鞋，這正是老一輩人才有惜物之美德，也很符合如今所謂之環保。」

她聽了暗叫一聲慚愧。

他又笑着說：「如果人人都像太太那樣珍惜舊鞋，拿來修理，我就生意興隆了。」

「你的手工很好，應該不愁生意吧？」她關心地問。

「目前生意總算過得去，但這畢竟是沒落的行業，我也不敢說能維持得多久。」

「只要世人仍要穿鞋子，你的生意就能長做長有。」她安慰他。

他聽了爽朗地笑了，說：「太太，妳說得很有道理，也是最好的鼓勵！」

跟着就奇怪地問：「為什麼妳每次只帶一雙鞋子來修補呢？」

她有些不好意思，訕訕地說：「每次我只找到一雙破鞋……而且我也不想多拿。」

「對不起，我實在是太多口了，妳不會怪我吧？。」

「不，我倒很欣賞你之率直和爽快呢！」

二

「吳德明……吳德明……吳德明……」

他一邊唸着自己的名字，一邊琢磨名字的含義，並且和城中富豪名人的姓名逐一比較，希望能找到線索，或任何蛛絲馬跡。他的母親叫黃綺華，英文叫Eva，她的朋友都叫她做「伊華」。

黃與吳這兩個姓全無關連。他曾問其母是誰為他命名，其母說是他的外祖母。他對外祖母無甚記憶，小時候也曾跟母親到老人院探望過她。這個老婦疾病纏身，後來更患了癡呆症，不明不白就死了。

他多次追問其生父是否真的姓吳，其母肯定地說是。他才不相信她的鬼話。城中富豪名人，只有一個姓吳，他的確很富有，野心也很大，但容貌和自己截然不同，尤其是此人那一雙三角形的細小眼睛，眸子有如兩點小蝌蚪游移不定，予人陰險又猥瑣的感覺。當然如果真的是他的生父，他也樂於接受的。

吳與伍也可能有關聯，尤其是英文的拼音寫法，完全相同。那麼他的生父可能是姓伍？姓伍是飲食界的豪門家族，有樣的生父自然是最理想。但如何求證呢？

「吳德明，吳德明，真的是想極都唔得明！」他喃喃自語地說，剛巧菲傭入來將收到的信交給他，見到他神情古怪地喃喃自語，又不斷叫着自己的名字，吃了一驚。心想近來這對母子行為古怪，兩人神經不是都出了毛病吧？正想趕快退出他的房間，但被他叫住了。

「馬莉亞，近來有誰來探訪過？男的或女的？」

「沒有，男和女的客人都沒有。」菲傭如實地說。

他也知道他的「生父」從來不會來這裡和其母相見，他猜測其母是到他的別墅相聚，而且別墅不只一處。其母友人也不多，來來去去不外是幾個「雀友」及飲食旅遊朋友，更完全沒有親戚，所以一向甚少有人客過訪。他也不過是隨口問問而已。

菲傭見他問得古怪，於是忍不住說：「太太，近來的確很奇怪。」

「怎樣奇怪？」他大感興趣地追問。

這時她有些後悔，只得硬着頭皮說：「我說了出來，你千萬不要追問太太，更不要說是我告訴你的。」

「我答應妳，妳說吧！」他的興趣和好奇心更大了。

於是菲傭將太太免費代她修補舊鞋的事說出來，不特她本人的爛皮鞋全都修補好，還要她向其他的菲傭姊姊要爛皮鞋，都要搜羅給她拿去修補，而修補手工的確是一流的。令她成為在眾菲傭姊妹中最受歡迎的人，她也大感光榮。

「今天太太又拿了我姊妹的爛皮鞋去修補！」

「有此怪事？」他聽了也莫名其妙。她不住地點頭，和要聽取他的看法和推測，但他沒有任何意見，只揮揮手，示意她離去。

菲傭離去他忙就拆開來信，是他去求職的銀行回信，想不到如此快就有回音。

他大學畢業後，就離開大學的宿舍，搬回家裡住（他本來就一直佔住一間大套房，只在假期才回來住）。

其實他並不急於求職，或許他根本沒有求職的打算。而是一直設法找出其生父是誰，其母無論如何也不會向他透露，他唯有自己想辦法。

他的女友曾搜集全香港富豪名人的照片和起居習慣的資料交給他，看看哪一個富豪的容貌和他相似，或有任何關係，但都不得要領。最後唯有用這個辦法：從銀行入手。現在銀行有回音，初步成功了。

於是他致電給他的女友，向她通報喜訊和商討下一步行動。

「依照原來計劃行事！」對方也興奮地說：「凡事要小心！尤其是言語和應對方面，預祝你成功！」

「麗莎，妳要為我祈禱，祈禱我成功！」他緊張地說。

「我當然會為你祈禱。但你要擺脫港大學生的架子，要謙虛、誠懇和不要提出任何要求，反而盡量滿足對方的要求。你要記住，你要這份工，並不是貪圖什麼高職厚薪，而是要進入這間銀行！」

「我明白。」他沒好氣地說，心想這一點還用得着妳來提點嗎？

三

接見他的是銀行人事部經理，她是一個精瘦的女人，看人的眼色總是帶有懷疑的神情。難道這是她的職業病？她仔細看過他的證件、填寫的表格和簡介，然後又打量他一會，滿意地說：

「吳先生，你真是一個難得的人材，單單是英文水平，就勝過不少其他之所謂大學生。」

他鬆了口氣，說：「謝謝王經理的嘉獎，我什麼時候上班？我隨時是可以上班的。」他真的急不及待了。

「慢着，我有說過會聘請你嗎？」她微笑地說。

他為之一愕，不知道她攪什麼鬼。

「吳先生，這份工起薪點僅八千元。」

「我知道，但我不計較。」

「我不知道你為何應徵這份職位，以你的條件，你是不會幹得長久的。」

「妳怎會知道我幹得不長久？」他忍不住有氣地說。

「你居住在半山區的豪宅，剛巧我們的總經理就居住在那裡，那裡最細小的單位也二千多三千尺！」

他倒抽一口涼氣，想不到居住地區會成為絆腳石。更不巧的是，她的上司就居住在那裡，可能是嫉妒心才令她格外挑剔吧。何止挑剔，簡直是頗有敵意呢！人的心理就是這麼奇特。

「這是我父母的物業，與我無關。事實是我畢業後，我要獨立，所以很需要這一份工。」他低聲下氣地說。

這個精瘦的女人又微笑地說：「那你就更不能以這一份微薄的收入來過獨立的生活了。」

她用鷹爪般的手指指他身上的衣服，說：「例如這套精緻的亞曼尼西裝，你要幹多少個月才能買得到呢？更不要說你身上其他的配搭了。」

一時之間，他啞口無言。原本準備好一番應對的對白全都不派用場。他和其女友做夢也想不到會出現這種情況。其實港大高材生、居住環境高尚、衣着光鮮入時等等，都是入職銀行界最理想的條件。換作別的人事部經理，早就將他羅致，歡迎還來不及呢！

但遇上這一個心胸狹窄，對他又存有偏見的女巫，這些優點反成為致命的毒藥。他只好暗嘆倒楣和出師不利。

對方見到他無話可說，更認定他來應徵是無誠意，即使任職也不會做得長久，甚至是另有目的。但也不能說是她誤打而誤中。大概也是她多年來做人事部經理的經驗，善於觀人於微的能力有以致之。

「吳先生，你的條件太好了，這個見習生的職位不適合你，我們還是將之留給真正有需要的人吧。」

求職之望落空，且被奚落，但他依然沉得住氣（沒辦法，有求於她嘛），心平氣靜地說：「我母親在貴行有帳戶，她對貴行的服務十分之滿意，所以我的確很想到貴行學習和發展，可惜王經理說我不適合此職位，但無論如何，我還是很感謝得到妳的接見和嘉獎。」

他這一番不亢不卑的說話頓時令她改觀，更難得的是他完全不動氣，青年人有此修養甚為罕見，心想此人的確是可造之材！

變得頗有好感地問：「你母親是我們的客戶？」她已改變初衷，準備聘用他了。

「是的。」他乘機拿出其母的銀行存摺給她看，以作證明，然後從容不迫地說：「家母如今病重昏迷，危在旦夕，我要通知一個人，請他趕快來看她最後一面，而他的出現，說不定還能挽救家母的生命，但我不知此人是誰，唯有向貴行求助。」

她訝異地地說：「既然你本人也不知他是誰，我們又怎會知呢？」

於是他解釋說：「此人按月自動轉帳一筆款項到家母的帳戶，貴行是可以追查得到的。」

她這才恍然大悟，真的是千里來龍，結穴於此。她忍不住冷笑一聲，說：「原來如此！」要聘用他的念頭隨即煙消雲散，女巫又回復冰冷，森嚴地說：「這是客戶秘密的資料，我們怎能外洩！」

「這點我也很明白，但如今事出急迫，希望貴行通融一下，我相信對方若知她病危，必定會趕來見家母最後一面的。他也會感激貴行這樣做的。」

「令壽堂病危之事，本行會否直接通知有關人士，上頭會自行決定，但絕不會將任何資料告知當事人，更何況是第三者！」她斬釘截鐵地說。

他聽了如墜冰窖。無論銀行會否直接聯絡其母或該名每月自動轉帳之人，其計謀自然敗露。其實他也明白直接查問是下下之策，但求職不成，打亂他的步驟，心急之下，「鋌而走險」，結果一子錯，滿盆皆落索。

四

今天她又駕車到石硤尾區去取回已修補好的皮鞋。這次她並無携帶爛鞋同去。她買了一盒捲蛋糕。像往常那樣，她在附近另一條街泊了車，在一家茶餐室又買了兩杯奶茶，才徒步前去。

他見了為之大喜，區區的奶茶和捲蛋糕算不上什麼，而是有一個更深層的原因。她全不介意地坐在一張小木凳子，並且和他當街享用起來。

「太太，妳已給了我不少生意，現在又請我食如此精美的捲蛋糕，而更巧的是今天正好是我的生日！」他感謝地說。

「今天剛好是你生日？那實在是太巧合了，祝你生辰快樂，身體健康！」她向他舉起那杯奶茶致意。

「謝謝妳！這是我生以來，第一次有人用蛋糕向我慶祝生日」他甚為感恩。「我已許久許久沒有品嚐過這區香濃的奶茶了。」她歡欣地說，一邊呷着紙杯中的奶茶，一邊除下她的太陽眼鏡。

這是她首次在他面前展現出她的真面目，並暗中留意他的神情，但他的神色並無任何明顯的變化，彷彿對她的真面目視而不見，或早已見慣見熟。她微微有點失望。

「妳喜飲這裡的奶茶？」

「是的，特別是旺記的奶茶。旺記以前是大牌檔，大牌檔被取締後，這才經營這間茶餐室。幸而奶茶香濃依舊。」

「妳很熟悉這裡。」

「我小時是在這區長大的。」她坦白地說：「旺記除了奶茶香濃之外，當時的多士也最香脆，用鐵絲網夾着麵包片在炭爐上反覆地烘，然後用餐刀刮掉略焦的表面，鐵絲網的格子就烙印在麵包片上，那是最誘惑的圖案，塗上鮮牛油，金黃香脆中又有柔韌，口感十足。」

「妳形容得真妙。可惜如今的多士不再用此土法來烘，沒有鐵絲網格子圖案，更沒有明火旺盛的炭爐，味道自然無復舊觀，即使旺記也已轉用電爐。」他惋惜不已。

「除了多士，我還懷念往日的白糖糕。」她有如白頭宮女訴說玄宗往事。

「是的，以前這區傍晚時分，就有小販沿街叫賣白糖糕，他頭頂着拱圓形由竹片編織成的鑊形的箕蓋，雪白的白糖糕就覆蓋在上面，分割成一塊塊三角形，用玻璃紙罩着，十分之清潔衛生。」

「每次我聽到叫賣，我必定向母親要錢，跑落街買一片，清甜又涼滑，真的消暑妙品。」

「妳既然食過白糖糕，那必定也吃過甘草欖，亦即是飛機欖了。」

「是的飛機欖！那也是晚飯後才叫賣的東西，有時是單獨一人，更多時是兩三人一組，先吹一陣喇叭，引起樓上居民注意，然後唱一首悅耳的短曲，有時還應樓上居民的點唱。唱完才開始賣飛機欖，樓上居民拋下兩三角硬幣，他們就準確地將一包包的飛機欖飛擲到樓上。三四樓（那時的舊樓最高不過四層）也不會失手，百發百中，有如用飛機送到，這也是飛機欖名稱的由來。」

「太太，妳的記憶力真好，連兒童時的事也記得很清楚」

「是的，我的記性很好(寂寞的人記憶力總是很好的)，但你的記性似乎不及我。」她別有意思地說。

「妳為甚這樣說呢？」

「阿華，你忘記了我嗎？」她終於忍不住叫出他的名字。

他對她能叫出他的名字一點也不訝異，淒然地說：「黃綺華，我怎會忘記妳呢？打從妳第一次來補鞋，我就已認出妳了。」

「但你並無任何表示。」

「妳一直戴着太陽眼鏡，又裝着不認識我，那我怎敢相認？」

「是我不對，是我不夠坦誠。」她抱歉地說。

他從小竹籮底翻出一個包裹，打開來是一雙式樣甚古老的紅色皮鞋，鞋面各有一朵很大的蝴蝶結。

他微笑說：「我終於可以物歸原主了。」

「這不是我拿來修補的皮鞋。」

「綺華，妳的記性也不見得很好，這當然不是妳最近拿來修補的皮鞋，而是妳廿一年前拿來修補的鞋子，妳曾說這是妳最心愛的鞋子，但妳一直不來取回，我唯有保留至今！如今我終於不負所託，已修妥好，完整地交回給妳。」

她這才記起來，她捧起這雙紅色有大蝴蝶結的鞋子，前塵往事都湧現心頭，淚水也隨之而至，哽咽地說：「阿華，是我對不起你！」

「不要這樣說……其實，妳已經對我很好了，我以前能結識妳，妳又給了我很大的歡樂，我此生已然不枉了。」他滿懷感恩地說。

但她的淚水反而更多，令他手足無措。

「阿華，你不怪我不辭而別？連鞋子也不來取回！」

「我怎會怪妳呢？妳這樣做，必定是有原因的。」他體諒地說。

「我曾對你說過：『阿華，我們是天生的一對，因為我們的名字都有一個『華』字，可惜我最終還是離你而去！你也不怪我？」

「綺華，無論妳做什麼事，我都絕不會怪妳。」

「唉，真的是造物弄人，而我也貪務虛榮，不夠堅定，最主要還是當時我的母親病了，急需大筆的醫藥費，而且……」

她說到這裡打住不往下說，當日她已懷了他的骨肉，對於一個未婚而有孕的少女，母親又病重，家無隔宿糧，的確是夠徬徨的。

他聽了同情地望着她。他知道她的母親當年是個舞女，母女二人相依為命。「伯母的病好了嗎？」他關心地問。

「她做了大手術，及時割除了子宮，生命是無礙了，但手術後身體轉差，她夜生活過多，又煙又酒，所有的毛病都浮現出來。這都是拜她的職業所賜。但這怎能怪她呢，我是個無父的孤女，她為了養活自己和我，在那個時代，做舞女是她唯一的出路。而我為了醫治她，也步上她的後塵。」

「除了那筆大手術費之外，妳還要照顧她。」他明白地點點頭。

「其實她是反對我這樣做的，她說她本人就是個人版，我何苦要重蹈她的覆轍呢！但我能見死不救嗎？她是我的母親，也是我唯一的親人！」

「這點我也很明白。」他感同身受地說，他的父親也是因缺錢醫治而病死的。「我這個初出茅廬的丫頭，剛上班就遇到一個恩人，我不知是幸抑或是不幸。」

他不明白地望着她。

「我到母親任職的百樂門大舞廳上班，就是我拿這雙蝴蝶結子皮鞋要你修補的當日，要求經理預支一筆頗巨的款項，作為母親的入醫院的按金，但不獲通融。他說這裡每個客人都是個金礦，只要妳有手段，妳就可以予取予携。若是不夠手段，妳預支了一大筆錢，又怎能歸還呢？」

他同意地點點頭。

「我是個初出道的無知少女，連對舞客起碼的應對也不懂，更遑論什麼手段了。我只有坐冷板凳的份兒，心下乾着急，為母親的入院費發愁，我的愁眉苦臉更令舞客退避三舍。但有一名中年舞客反而對我有興趣，他買全鐘帶我外出。他駕一輛紅色的跑車，載着我往郊外飛馳，來到一座獨立的別墅，露台對着全海景。我完全被懾服了，想不到他如此富有。事實上，當時我也是任由他宰割。」

「但他並無對我有任何無禮的舉動，他真的是一位君子。」

雖然已是很久以前之事，這名叫阿華的補鞋匠還是很緊張地望着她。

阿華舒了口氣。

「其後他問我母親是否真的有病。我和舞女大班的對話他完全聽到了。我說這是千真萬確，否則我也不會出來當舞女。他又問我是否有任何不良嗜好，諸如好賭吸毒等，我說全都沒有。他完全相信我的話。他又問我是否完璧，我坦白承認已非完璧，而且有男友。跟着他二話不說，寫了一張巨額支票給我，足夠醫治我母親的病有餘。我大喜過望，但也不大相信，支票可能是空頭。我姑且收下。反正已是肉在砧板上。我以為他接著就會提出要求，但他沒有。」

「他真的是個君子！」阿華欣慰地說。

「其後他說他很喜歡我，所以很尊重我，又很欣賞我是個孝順女，為救母而甘墮風塵，所以願意無償地援手。既然我已有男友，他說君子不奪人之所愛，也不會乘人之危。不過我若然離開我的男友，他就會照顧我母女一生一世。」

阿華聽到這裡就爽然若失，亦了然於胸，這就是她離開他的原因。但他能怪責她嗎？

「其後他吩咐廚子弄了一頓精美的晚飯，這是我有生以來所吃到最美味可口的飯菜。晚飯後他駕車將我送回家。這輛紅色的跑車來到這破落的石硤尾區，引來多少羨慕的目光。翌日，我兌現了這張巨額的支票。證明他的確是一位正人君子。」

阿華苦澀地笑了一下，同意地說：「他的確是個正人君子。」

「我趕忙將母親送到醫院，及時做了手術。他挽救了我的母親，也挽救了我。母親問我如何弄到這大筆錢，因為即使借貴利也不可能。於是我將實情告訴她。她說她幹貨腰生涯十多廿年，從未遇到如此豪爽又絲毫不佔人便宜的舞客。同時她又不忘指出此人極工心計。」

阿華又同意地點點頭：此人確實極工心計。但沒有說出口。

「但無如何他的確是對我很好，也很喜歡我。母親已看出這名男子已打動我的心。我問母親應否跟隨這位男子。她說若是本着私心，她是樂於我這樣做，因為我們母女兩人從此生活無憂。但這是關乎我的終身大事，還是由我自行抉擇好了。她知道我和你相愛，她也認為你是個正派勤奮的青年，但在街頭討生活實在是太辛苦了。也全無保障。所以對於我們的交往，她一向都持開放的態度，既不反對也不贊成。」

阿華聽到這裡，唯有苦笑。他能如何說呢？

「現在我面臨畢生最大的抉擇，我徵求她的意見，她卻說不好為我作主。她只是強調不必考慮她今後的生活，我也不必為感恩而以身相報，他是自願送出此巨款，我只要考慮本身的利害就行了。而人生本來就沒有事事遂意，更無十全十美這一回事。她說：總之妳抉擇之後，就千萬不要有後悔。」

雖然已是二十多年前之事，阿華此時聽來真是五味雜陳，不知是何滋味。

「我母親說得甚為透徹，也很有智慧。她唸書雖然不多，遇人不淑，懷孕後被拋棄，只好做舞女來掙扎活下去，和養活我。可說是歷盡滄桑，自有一套人生觀。

但人真的沒有後悔嗎？事實上，任何抉擇到頭來必定都會有後悔！」她感喟地說。以後之事也不用說，她是選擇了這位正人君子了。

他同情地望着她，關心地問：「後來他變了？待妳不好？」

她淒美地一笑，說：「我雖然只是他的外室，但他一直對我都很好，他在港島半山區買了一個很大的單位送給我，又買汽車給我代步，按月給我大筆家用，廿多年來，從不間斷。我們兩母女的確生活無憂。」

「這就好了，人生至此，更有何求！」他對她有此歸宿感到高興。

她聽了苦笑一下，說：「是的，阿華，你說得對，人生至此，更有何求！至少我母親安享了晚年，雖然她還是在百病纏身中去世。」

「伯母死了？」

「死了十多年了。」

「真可惜，我父也是在十二年前病死的。」

「佳叔身體很好，他患的是什麼病？」

「鼻咽癌。」

「噢！」

「聽人家說，鞋油和皮革的氣味都含有致癌物質，其次終日吸着街頭汽車的廢氣也有關係，不過，我認為最大的原因，乃是他吸煙過多所致。我和母親早已常常勸他戒煙，或少吸一點。他總是不聽。他說終日辛苦工作，吸煙是他唯一的嗜好和樂趣，如果連此也戒掉，做人還有甚樂趣可言。他是求仁得仁，無話可說。」

「佳嬸呢？她身體好嗎？」

「她身體很好，只是眼睛有毛病。」

「什麼毛病？」

「白內障」

「哦，白內障是小毛病，略施手術就行。」

「日前大清早我陪她去公立醫院求診，醫生已答應為她施手術，但排期要到兩年半之後。」

「兩年半之後！怎可能等那麼久！」

「無辦法，石硤尾區又老又窮的人實在太多，而老人大都患此病。我打聽過，私家醫院收費起碼要三四萬元，我負擔不起。」

她想了一會，問：「你們是否仍然居住在元洲街那一幢舊唐樓？」

「是的，幾十年來我們一直住在該處。」

「阿華，我現在就去探望她，不知道她是否還記得我。」

「她記得妳，至今她還時常提起妳呢！她現在雖然看不見東西，只要妳向她說出妳的名字，我相信她甚至還會記得妳的聲音呢！如果妳去見她，她一定很高興。」

「我現在就去探望她，然後帶她去醫院做手術。你認為方便嗎？」

「方便，但……」

「手術及醫藥費你不用操心，讓我盡點綿力吧。」

五

他幾乎搜遍全屋每一個角落，都找不到有關這個「神秘人」的蛛絲馬跡或片言隻語，其母的記事簿和電話地址簿，更是他的「研究」重點，他早已「參詳」了無數次，來來去去不外是其母寥寥幾個「雀友」的電話而已。

而值得懷疑的電話他都試打過去查詢了，原來大都是服裝店、旅行社、首飾店或食肆的電話。他在失望之餘開始懷疑自己這個神秘的生父其心智是否正常，長久以來怎會對自己親生子不聞不問又不見？私生子也是親骨肉，怎會避之如蛇蠍？

他又再無聊地翻閱其母的記事簿，其實他早翻過千百次，但這次竟然有新發現，其中夾着一頁剪報，他攤開來看，是關於一個街頭補鞋匠的特寫，剪報還有其母註明刊登的日期，該日正好是行他大學畢業典禮那一天。

其母為何對這個社會最低層的「小人物」感興趣？將之剪存珍藏。於是他記起菲傭曾對他說過，其母多次向她索取爛皮鞋免費代為修補之事，看來其母拿皮鞋去修補，為的就是要見此人！

他對這個補鞋匠仔細端詳，突然覺得此人有些面善，似乎在那裡見過面，但他肯定絕不會和此人相會過，他更從未到過石硤尾區。正是一個天南，一個地北，何況兩人生活階層絕不相同，不會有碰面的機會，但為什麼會有此相熟的感覺呢？就在他百思不得其解的時候，忽然腦海中靈光一閃，他整人如遭電擊般呆住了。

他有了一個奇怪的想法。他隨即大搖其頭，彷彿要甩掉這個想法，並且吼叫道：

「不可能！絕對不可能！」

但這個已生起的想法已驅之不去，反而像毒蛇般咬嚙着他的心，令他坐立不安。最後他一躍而起，胡亂抓起一雙舊皮鞋就往車房跑去，車位空空如也，他這才醒起其母已赴王太的牌局，王太居住在大潭區，其母已駕車前往。

他咒罵一聲，又一次怨恨其母為何不多添置一輛汽車，尤其是他畢業後已搬回來居住。半山區沒有汽車怎方便！這裡家家戶戶都有兩三部車，只有他們這一戶僅得一輛代步，而這輛寶馬已用了近十年，其母仍然不肯換新車，真寒酸！

在半山區他好不容易才截獲一輛的士，司機問他去哪裡，他呆了一呆，於是掏出剪報給司機看，說要去找此名補鞋匠。司機細看一會，說報紙只是報道該補鞋匠是在九龍石硤尾區的祥發街擺檔，並無明確地址。

「那你就送我到祥發街去吧。」他沒好氣地說。司機自然很樂意，這是過海長程客嘛！

他發覺坐的士也有好處，尤其是他對九龍街道全不熟悉。過了海底隧道，很快就來到石硤尾區的祥發街。幸好這一條是橫街，不太長，他走了不多久，就見到那補鞋匠的擺檔了，是在舊唐樓騎樓下近梯間的一個小角落。

有騎樓之唐樓至少有六七十年之樓齡，難怪如此殘破。事實上這裡附近一切都是陳舊破爛，有一種沒落和衰敗的感覺，繁華的香港，竟然有此殘破的地方，和國際金融中心這個名稱很不相配，而且四周還有陣陣酸腐和發霉味，令人難以忍耐。他本想立即掉轉頭離去，但這個補鞋匠與他關係重大，他必須弄清楚，這也是他此行之目的。

於是他慢慢走近這個補鞋匠，是個中年人，正低頭專心地補鞋，看不到其容貌，此人就是報紙照片報道中之人物。他沉默而細心地觀察此人，思潮洶湧。為何其母會對此人感到興趣？不嫌麻煩又不怕骯髒地向菲傭收集無數破舊皮鞋，長途跋涉，跨區過海地親自拿來給他修理，為的是有藉口接近此人而已！

這時補鞋匠抬起頭來，兩人四目交投，他全身為之一震。如此近距離審視此人，自然比報紙中的照片清晰得多，臉孔果然熟稔又親切。但他肯定從未見過此人，既然有此感覺，那麼與他先前之離奇猜想又吻合了幾分，所以這才心頭大震，和茫然不知所措。

「先生，你是來補鞋的嗎？」補鞋匠見到這個衣着入時的青年，手中提着一對皮鞋，木然地站在面前發呆。

「是的。」他如夢最初醒地說，忙交出那雙皮鞋。

補鞋匠細心地反覆檢視過之後，笑着說：「先生，你的皮鞋雖然舊，但完整得很，並無破損，還可以穿着一年半載。不過，既然你一場來到，我就免費為你抹油和打臘，你的皮鞋就可以潔亮如新了。」

「你有生意也不做？」

「我不會欺騙人客，我只是說出事實。」補鞋匠真的為他皮鞋抹油和打臘，一邊指示其招牌，一邊說：「請記住本攤檔的名字：佳記補鞋：請認技料正，勿貪偽工平。」

「你真的是一位很誠實的人！」他乘機誇奬他，並且問：「你的名字叫阿佳？」

「不，阿佳是我先父的名字。」

「如此誠實之人的確世間罕見，真有幸能認識你，可否得知你的高姓大名嗎？」他誠懇又緊張地問。

「什麼高姓大名，我叫吳富華，一個很平凡的名字。」補鞋匠咧嘴而笑。

「吳富華……吳富華……怪不得那麼相似！」他喃喃地重複這個名字，全身如墮冰窖。他荒誕的猜想似乎又進一步得到證實。他痛苦地大力搖頭，彷彿要搖掉這個可怕的想法，並忍不住大聲地吼叫：「吳富華！不可能！不可能！絕對不可能！這不過是巧合！完全是巧合而已！」

補鞋匠見到這個青年聽到自己的名字，臉色剎那之間變得慘白，面容可怕地扭曲，和莫名其妙地吼叫。於是奇怪地問：「我的確是叫吳富華，有什麼問題？」

他定了定神，極力回復平和的語氣，說：「無問題，吳富華，這的確是個好名字，富貴又榮華。」

「可惜我姓吳，吳者，非也，所以我無富貴又無榮華，只能做個補鞋佬。」補鞋匠笑着自嘲一下。

他敷衍地陪着笑。為要作進一步的確證，於是掏出那張剪報，攤開來後，以最親切的口吻說：「富華哥哥，訪問你的報紙說你年輕時，曾有過激情的戀愛，你可否詳細說出來？」

補鞋匠見到剪報，眼睛為之一亮，高興地說：「原來你也是記者！」

「我是電視台的人員，我們閱讀過你之故事，認為可以作一個特輯，所以我來了解一下。」

「原來如此，所以你來補鞋是假，取料才是真。」補鞋匠得意地說，完全相信此衣着入時的青年是個電視台人員。又似是慶幸免費為他的皮鞋抹油和打臘，所謂好心有好報。

「富華哥哥，你完全猜對了。現在請你詳細地說出你轟轟烈烈的戀愛史。」

「這是二十多年前之事了，回憶起來千頭萬緒，真不知從何說起……」

「唔，就先從你的情人來說起吧，她叫什麼名字？」他緊張地問。

「她叫……」補鞋匠突然停住，並忙用手掩住了嘴巴。

「說呀，她姓甚名誰？」他焦急又哀求地追問。

「我萬萬不能說出她的名字！」補鞋匠頹然地說。既然報紙訪問他時也沒有說出她的名字，更何況是電視台，更何況在重見到她之後！這會對她造成很大之傷害。那一次報紙的訪問，主要是報道他之精湛的傳統補鞋技藝，此對他的生意大有幫助，如今電視台之所謂特別節目，是着眼於他的戀愛事跡，純是獵奇，兩者截然不同。

「你不說出女主角的名字，我們就無法做節目。」他脅迫地說。

開始時，對於能在電視台出鏡，補鞋匠是興致勃勃，但想深一層，就發覺甚為不妥。他是個不會說謊，更不會弄空虛作假的人，不單不能說出她的名字，連其他事情也不想披露了。

「富華哥哥，你只要完整地說出你的戀情，拍成特別節目，你會得到一筆巨款，而且其後還有出鏡的機會，你的命運說不定從此就改變。」他動之以利。

說到了金錢，反而令補鞋匠起了戒心。

「算了吧，我不想出鏡！」補鞋匠決絕地說。

「為什麼呢？」

「我要保護她的私隱！」

他為之氣結，想不到此人突然改變念頭，他又一次功虧一簣。

六

「德明，你大學畢業了，有什麼打算呢？或是有什麼計劃呢？」其母關心地問。

「我沒有什麼計劃。」他沒精打采地說。自從見過那個補鞋匠之後，他就一直悶悶不樂，何止不樂，對他而言簡直是世界末日。

「你怎能沒有計劃？一是到外國留學，繼續深造，一是找份有前途的職業。當然，如果你想投身社會，不必那麼急去找工作，但若是去留學，那就要打鐵趁熱，以免荒廢學業，我贊成你去留學。」

他聽到留學這個名詞，就被激怒起來，譏諷地說：「妳還有錢供我留學嗎？」

「德明，為甚你這樣說呢？」她愕然地問，因為金錢對她而言一向不成問題，兩母子向來都是錦衣玉食。他自少零用錢一向豐厚，可以說有求必應，衣着和用品都是名牌，事實上他自少即愛向他人炫耀自己家庭富裕。

「自從我大學畢業之後，那名男人給妳每月的家用已減少了一半！」他痛心地說。

她聽了大為震驚，失色地說：「原來你一直偷看我的銀行存款和記錄！」

他平靜地說：「媽，我對妳的財務狀況完全沒有興趣，我只想知道我的父親是誰，但妳一直諱莫如深，我唯有用各種方法去找尋。你們的確守秘得很，真的做到滴水不漏。」

兒子這樣說令她陷入極大的苦惱中，無可奈何地說：「我們能過此優厚的生活，條件就是絕對保密。至於現在減少一半家用，他也是情至義盡，當時他約定每月之家用是包括我們三人在內，即是我和你以及我的母親，亦即是你的外婆。你外婆死後，每月家用本應如約削減三份一，但他沒有這樣做，你外婆已死了十多年，每月家用他一直全數照付。如今你大學畢業，他認為你可以自立，所以他才削減一半。其實即使是半數家用，依然很豐厚，我們只要稍為節省一點，我依然可以供你去留學。」

他聽了為之默然，隨即就悻悻然地說：「既然他是我的父親，又那麼富有，為什麼不供我去留學？」

「他是你名義上的父親，不是你的生父。」她終於將部分真相說了出來。

近來所發生之事，對自己的生父是誰，他已猜出十之八九，如今其母首次說出來，依然令他十分之震撼，跟着就是無比之失落，這與他的猜想又接近一步。

「其實最近幾年他甚少見我，不，應該說完全沒有見我！也許他已厭倦了我，也許我已經老了，更可能的是他比我更為衰老，所以不再見我，但每月豐厚的家用依然不缺。他從來不願見你這個名義上的兒子，是為了保密而已，並非歧視你，他對我們母子並無虧欠，對你外婆更有救命之恩，他是個好人！」她說到這裡，就飲泣起來。

他則欲哭無淚，因為他整個世界已經崩潰了。

「到如今，我和他不正常的關係也應該結束，我相信他也會同意的。」

「妳要主動離開他？」他差不多驚叫起來。

「是的！」她堅決地說。

「妳不能就此離開他！」

「為什麼不能？」

「妳主動離開他，就完全沒有了家用。」他說，如今他開始關心家用了。

「家用完全不成問題，我們居住這個單位實用面積二千八百多呎，我們兩母子根本不需要居住那大的地方，一千呎已很足夠了。現在樓價飆升了不少，大屋換細屋，所得的錢足夠你去留學，也足夠我們安穩地生活下去。」她這樣說顯然是有了新計劃。

他聽了很不是味道，但又無法反駁。此時他亦心亂如麻。

「你以前不斷追問你的生父是誰，我一直不肯回答，這的確是對你很不公平，你是有權知道你的生父是誰，而你的生父也有權知道有你這一個兒子存在。我們一家三口也應該團聚了，開展新生活。現在我就帶你去見你的親生父親！」

他猶豫起來，既然這個富人不是他的生父，誰是生父他就完全不感興趣，何況……

「怎樣？你不是一直很想知道誰是你的生父嗎？」她奇怪地問。

「好吧，妳帶我去見他吧。」他無可奈何地說，無論如何，他也要作一次最終的確證。

「你兩父子的容貌，簡直就是出自同一個餅印，你見到他自然就會認得出，不用我來引見。」她笑着說。

他聽了又是全身一震。

當汽車通過海底隧道後，他的心就一直下沉，其母駕車所走的路線，與那個的士司機所走之路線完全相同，此刻他已無任何懸念，他現在就是前往刑場的死囚。

這次她並不是把車停泊在其他地方，而是直接駛去祥發街，一直來到這個補鞋匠所在的舊唐樓才戛然停車，應該說就停在補鞋匠之面前。她還未打開車門，他已推開另一道車門，發狂般往相反的方向逃跑，口中不停地慘叫：「不！不！不！……」

本創文學 103

書蠹

作　　者：江思岸
責任編輯：黎漢傑
內文校對：麥芷琦
設計排版：多　馬
法律顧問：陳煦堂 律師

出　　版：初文出版社有限公司
電郵：manuscriptpublish@gmail.com

印　　刷：陽光印刷製本廠

發　　行：香港聯合書刊物流有限公司
香港新界荃灣德士古道 220-248 號
荃灣工業中心 16 樓
電話 (852) 2150-2100　傳真 (852) 2407-3062

版　　次：2024 年 8 月初版
國際書號：978-988-70534-1-5
定　　價：港幣 98 元　新臺幣 360 元

Published and printed
in Hong Kong

香港印刷及出版

香港藝術發展局
Hong Kong Arts Development Council 資助
香港藝術發展局全力支持藝術表達自由，
本計劃內容並不反映本局意見。